나를 채우는 여행의 기술

나를 채우는 여행의 기술

THE
SCHOOL
OF LIFE

알랭 드 보통 기획 인생학교 지음

케이채 옮김

How to Travel

orangeD   평범한 여행을 특별한 여행으로 바꾸는 30가지 질문

차례

여행이 우리에게 주는 가장 큰 난제는
또한 가장 단순한 질문이기도 하다.

"어디로 갈 것인가?"

I

여행지를 고르는 일

현대 사회는 우리가 여행할 만한 다양한 장소들을 끊임없이 추천해 주지만, 여행지를 선택하는 일이 사실 얼마나 깊고 복잡한 문제들을 내포하는지에 대해서는 애써 외면하려고 한다.

이상적인 여행지를 고르기 위해서는 우리 자신을 더 깊이 이해하는 것이 필수다. 세상의 본질이 무엇인지, 행복에 담긴 함축적 의미가 무엇인지에 대한 질문에 대답할 수 있어야 한다.

모든 여행지에는 저마다의 특징이 있다. 어떤 식으로든 인간 본성의 특정한 부분을 건드려 반응을 촉진한다.

예를 들어, 남호주의 길고 텅 빈 해변은 우리에게 평온함을 준다. 암스테르담 근교의 시외는 중산층의 삶이 주는 즐거움을 다시금 깨닫게 한다. 로스앤젤레스는 잠들어 있던 야망을 깨우고, 돈 얘기를 너무 부담스러워하지 말라고 충고하기도 한다. 마이애미나 리우데자네이루 같은 곳들은 꽉 막힌 경계심을 풀도록 돕고, 조금 더 즐기면서 살아 보자며 손을 잡아당긴다.

우리가 끌리는 여행지들은 알고 보면 현재의 삶에 없거나 부족한 부분을 채워 준다고 느끼는 장소들이다. 우리는 단지 새로운 곳을 보고 싶어 하는 게 아니라, 배움을 얻고 더 나은 사람이 되기를 희망하기 때문이다. 그러므로 우리가 고른 여행지는 마음의 안정을 약속하는 곳이다. 자신의 부족함은 채워 주고 넘치면 덜어 주는 곳. 이상적으로 말하면, 우리가 방문하는 곳은 우리에게 필요한 교훈을 얻을 수 있도록 도와주어야 한다. 우리의 여행지는 우리가 되고자 하는 사람이 될 수 있도록 안내하는 가이드이자 자극인 것이다.

그렇기에 여행할 장소에 대한 현명한 선택을 내리기 위

해서는 세상 밖이 아니라 무엇보다도 안을 먼저 들여다보아야 한다. 우리 삶에 비어 있는 부분이 무엇인지, 자신의 가장 약한 부분은 어디인지를 말이다. 이런 질문들을 통해 이 지구의 어느 곳에 나를 도와줄 힘을 지닌 장소가 있는지 찾아내야 하는 것이다. 그곳은 자연일 수도 혹은 도시일 수도 있다. 아니면 열대 지방이거나 빙하가 가득한 장소일지도 모른다.

여행은 육체적인 경험으로 시작할지 몰라도, 우리를 정신적으로 더 성숙하게 만드는 내면의 여행이 동반되어야만 비로소 여행이 줄 수 있는 가장 소중한 선물을 받을 수 있을 것이다.

가고 싶은 곳들을 적어 보자.

2
'이국적인' 곳이란?

'이국적'이라는 단어는 현대 사회에서 여행지를 더 매력적으로 만드는 요인으로 꼽힌다. 이국적이라고 했을 때

우리가 떠올리는 것들은 야자수라든지 낯선 신을 숭배하는 신전, 습하고 뜨거운 날씨 혹은 듣도 보도 못했던 동물과의 만남쯤 될까.

하지만 편견을 걷어 내고 단어 그 자체에만 집중한다면 '이국적'이란 단어는 일반적으로 사람들이 생각하는 풍경과는 거리가 멀다. 단지 우리가 가고 싶은 장소를 뜻할 뿐이다. 우리에게 무언가를 가르쳐 줄 수 있다고 믿는 장소를 다들 가지고 있을 것이다. 우리가 이국적이라고 여기는 나라들, 떠나기 위해 용기와 인내가 필요한 그런 나라들 말이다. 그러니까 이국적이란 단지 우리 삶에 결여된 그 무언가를 뜻하는 것이다.

이국적이라는 단어에 대한 정의를 내리는 데 도움이 될 만한 인물이 있으니, 바로 19세기 정치인이자 작가였던 벤저민 디즈레일리다. 그의 작품 중 하나인 『커닝즈비 Coningsby』에는 작가 자신을 대변하는 주인공이 등장하는데, 그는 영국 북부 지방에 위치한 공장과 중공업에 매력을 느낀다. 친구들은 주로 시골에 내려가 연휴를 보냈지만, 주인공은 2주 정도 제철소와 면 공장, 그리고 탄광들을 돌면서 관찰하는 것이야말로 진정 이국적인 경험이 될 것이라며 이를 실천하기에 이른다. 결국 이 경험은 그가 좀 더 진지하고 나은 사람이 되는 데 일조하게 된다.

이 일화를 현대적으로 해석하자면 남스페인에서 보내기로 한 휴가를 취소하고 루르 밸리*에서 가전제품 공장을 방문하거나 미국 몬태나주의 데이터 저장 센터에 가는 것이 삶을 더 풍요롭게 하는 여행이라고 주장하는 셈이랄까.

안타깝게도 우리 대부분은 이국적인 것의 정체에 대해 깊이 고민하지 않는다. 그래서 '이국적'이라 알려진 진부한 장소들로 떠난다. 우리가 진정 원하는 것이 무엇인지 찾아내어 "이거다!"라고 확신하기에는 겁이 너무 많은 것이다. 우리는 놀라울 만큼 스스로가 어떤 사람인지 알지 못한다. 우리가 푸껫이나 바베이도스를 선택하는 것은 적어도 그 장소라면 놀림거리가 될 일이 없

---

* Ruhr valley, 한때 광산 및 철강업으로 유명했던 독일의 공업 지역.

기 때문이다. 친구들이 왜 그런 곳을 가느냐며 이상하다고 수군거릴 일은 없을 테니까. 하지만 우리가 진정 이국적인 감각을 느낄 수 있는 곳은 전혀 예상치 못했던 장소일 수도 있다. 요코하마 시외라든지, 바이에른의 언덕 위 시골집, 아니면 노르웨이의 작은 마을 스베아그루바 같은 곳들 말이다.

우리는 '이국적'인 것이 무엇인지 자문할 용기를 가질 필요가 있다. 그곳이 야자수 한 그루 없으며 여느 여행 가이드북에 소개될 일도 없는 장소면 뭐 어떤가. 우리의 다음 일정에 그 장소를 추가하는 것을 잊지 말도록 하자.

3
행복을 의심하지 말 것

삶을 즐기는 것은 이론적으로는 모두가 당연히 원하는 일이다. 그러나 막상 현실에 적용해 보면 또 그렇게 단순하지 않다. 여행을 하다 보면 그런 깨달음의 순간이 우리 앞에 모습을 드러내곤 한다. 수영장에서 수영을 하거나 등산을 하다가 갑작스럽게 '나는 지금 이 순간 행복할 수밖에 없구나' 하고 깨닫게 되는 것이다. 놀랍게도 그 사실이 우리를 불안하게 만들 수 있다.

우리를 엄습하는 세 가지 공포는 다음과 같다.

①————————————————

만약 내가 잠시라도 노력을 그만두고 주어진 것에 만

족하며 살기로 한다면 더 열심히 살아야 할 이유를 잃어버릴 것이다. 지금까지 이룬 모든 것은 오직 열심히 살아온 덕분인데도 말이다.

② ————————————————————

아름다움에 감탄하고 편안함에 안주하는 것은 이기적이다. 세상에는 힘든 사람이 너무나 많기 때문이다.

③ ————————————————————

인생을 마냥 즐기는 것은 진지한 삶의 자세가 아니다.

대표적인 이솝 우화 「개미와 베짱이」를 모르는 사람은 없을 것이다. 개미는 여름 내내 열심히 일해서 겨울을 견뎌 낼 수 있는 만큼의 식량을 모으지만, 베짱이는 여름 내내 놀다가 결국 불행한 겨울을 맞이하게 된다. 이 동화가 주는 교훈이 어린 시절 우리의 뇌 속에 깊이 새겨져 버렸는지도 모른다. 휴식이란 위험한 것이라고!

하지만 자세히 들여다보면 이 세 가지 공포는 기우에 불과하다.

① ───────────────

우리는 현재에 만족하지 못할 때 더 나은 삶을 위해 노력하지만, 그렇다고 지금의 삶이 주는 아름다움을 즐기지 말라는 법은 없다. 이미 우리가 가진 것들조차 즐길 수 없다면 더 많이 가진다고 해서 무슨 소용이 있겠는가. 지금까지 이뤄 낸 것을 즐길 줄 아는 여유가 있어야 비로소 더 많은 것을 추구할 이유도 생기는 것이다.

② ───────────────

인생을 즐긴다고 해서 어려운 사람들을 외면하게 될까. 오히려 우리가 충분히 휴식하고 자신의 삶에 만족할수록 타인의 고통을 나눌 수 있는 힘이 따르게 된다. 행복해지는 것이야말로 어려운 사람을 돕기 위해 가장 필요한 덕목이다.

③ ───────────────

삶을 즐긴다는 게 여느 광고에 나오듯 생각 없이 놀기만 한다는 뜻은 아니다. 우리는 스스로가 원하는 만큼 진지하고 품위 있는 삶의 즐거움을 찾아낼 수 있다.

누구나 격려가 필요한 순간이 있다. 가끔 찾아오는 행복을 의심하지 말고 받아들여야 할 이유다.

4
불안

여행의 가장 큰 계기는 마음의 안정을 얻고 싶다는 욕구일 것이다. 하지만 여행을 떠나든 떠나지 않든, 완벽한 안정을 찾을 수 있을 거라는 기대는 하지 않는 게 좋다. 우리는 인간이지 않은가. 영장류에게 안정감은 일반적인 상태가 아니다.

약간의 불안은 인간이라면 느낄 수밖에 없는 본성일 뿐이며, 다음의 이유로 이를 피할 수 없다.

◆ 우리의 육체는 복잡하게 연결된 연약한 장기들이 서로 영향을 끼친다. 한마디로 말해 갑작스러운 세상 안팎의 변화에 무척이나 취약하다.

◆ 스마트폰과 숱한 미디어들이 질투와 분노를 끊임없이 강요하는 현대 사회에서 우리의 뛰어난 상상력은 우리가 원하는 그 이상을 부풀려 만들어 낸다.

◆ 우리는 기본적으로 걱정이 매우 많았던 사람들의 자손이다. (태평하던 사람들 대부분은 야생 동물에게 찢겨 먹이가 되어 버렸다.) 그들이 거대한 초원 위에서 느낀 공포는 우리의 뼛속 깊이 스며들어 아직도 우리 안에 생존해 있다. 재스민 향이 그윽한 호텔 리조트에서 안정을 취하려고 노력하는 그 순간에도 말이다.

◆ 우리는 삶의 안정과 자존감을 우리가 사랑하는 사람들로부터 얻으려 한다. 그러나 타인의 마음은 우리가 조절할 수 없으며 그들이 원하고 바라는 것은 절대 우리의 마음과 완벽하게 일치할 수 없다.

그러므로 우리는 안정을 얻기란 어렵단 걸 인정하고 그냥 웃어넘겨야 한다. 우리가 불안하다는 사실에 불안함을 느낄 필요가 없다는 말이다. 인생이 잘못됐다는 뜻이 아니다. 그저 우리가 살아 있다는 증거일 뿐이다.

삶의 먹구름을 걷어 내 줄 장소라고 기대하며 여행지를
선택하는 것은 조심하는 게 좋다. 가는 건 가는 거지만
거기선 행복만이 가득할 거라 믿는다면 실망할 것이다.
인간이 아무 걱정 없이 행복할 수 있는 시간은 15분을
넘기기 어렵다.

5
작은 즐거움

일반화일 수도 있지만 현대 사회는 '특별한 즐거움'을 좇는다. 우리는 일상이란 평범하고 지루한 것이며, 그 어떤 영감도 주지 못하는 것이 당연하다고 배웠다. 특별하고 찾기 어려우며 익숙하지 않은 것들이야말로 더 큰 즐거움을 준다는 사실을 의심하지 않았다. 그래서 우리는 비싼 것에 관심을 가지고, 싸고 공짜라고 하면 흥미가 식어 버린다.

이러한 생각이 완벽한 망상이라고 할 순 없다. 하지만 일상에 가깝게 있는 소중한 것들, 쉽게 만날 수 있는 작고 소소한 것들의 가치를 폄하하며 재미없는 편견을 가득 심고 있는 것 또한 분명하다.

우리에게 즐거움을 주는 것들이 가진 모순은 그 형태가 정말 너저분하다는 것이다. 화려한 부티크 숍에 깔끔하게 정돈된 물건이 아니다. 큰 박물관의 전시물이 되어 방문해 주길 기다리는 것을 거부한다. 우리의 정신적 스트레스와 우울함 그리고 그날의 기분에 따라 놀랍도록 변화무쌍한 것이 바로 즐거움이란 녀석이다.

여행은 작은 즐거움으로 가득 차 있다. 호텔 테라스에서 먹은 호밀빵 한 조각. 어느 수로 근처에 펼쳐진 민들레 꽃밭. 분수에서 빨래를 하고 있던 사람과 나눈 짧은 대화. 늦은 밤 한 도시의 공원을 걸을 때 들려오는 소리들……

특별하게 느껴지지도 않고, 사람들이 감탄할 만한 경험도 아니다. 별 볼 일 없는 순간들이다. 이런 평범한 이야기들을 여행의 하이라이트로 꼽을 사람은 아마 없을 것이다.

그럼에도 이 작아 보이는 일들에 즐거움이 있다. 무화과를 먹어 보는 일. 새로운 언어를 한마디 내뱉어 보는 일. 향신료 가게를 둘러보는 일. 작은 것 같지만 사실 전혀 그렇지 않다. 가볍게 보지 않고 제대로 집중하기만 한다면, 이런 작은 순간들이야말로 가장 감동적이고 만족스러운 경험으로 남을 것이다.

여행은 작은 즐거움으로 가득 차 있다.
어느 수로 근처에 펼쳐진 민들레 꽃밭처럼.

작은 즐거움이라고 생각한 것에
오히려 더 많은 것들이 감춰져 있다.

즐거움이 작다는 것은 우리가 얻을 수 있는
기쁨의 양을 뜻하는 것이 아니다.
세상이 부당하게 폄하해 왔던
좋은 것들이 얼마나 많은지를 보여 주는
지표일 뿐이다.
그러니 여행이 주는 보통의 즐거움들을
충분히 만끽하는 데 도전해 보자.

베른트와 힐라 베허
〈워터 타워〉, 1972~2009

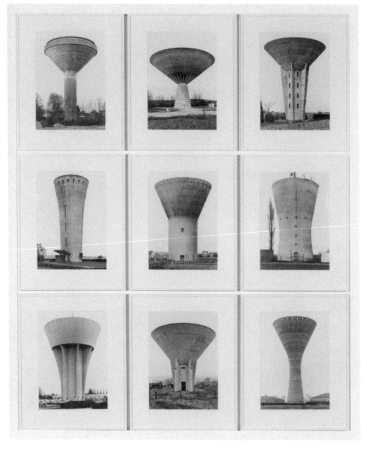

6
급수탑

사회는 무엇이 아름다운 것이고 무엇이 대단한 것인지, 어떤 장소들이 방문할 만한 가치가 있는지에 대해 끊임없이 우리 대신 생각하려고 한다. 그 덕분에 우리는 돌고래를 좋아하고 등산을 즐기는 사람이 됐다. 프랑스 시골 마을과 1920년대에 지어진 아르 데코 호텔에 머무르고 싶다는 욕망도 생겼다. 물론 그 경험이나 장소가 나쁘다는 것은 아니다. 하지만 세상에는 그 이상의 다양한 볼거리가 있다는 사실을 기억하면 좋을 것이다.

1972년에 한 독일인 커플이 있었다. 베른트와 힐라 베허라는 이름의 이 커플은 독일과 미국의 다양한 워터 타워, 즉 급수탑의 사진을 찍기 시작했다. 현대 공업을 상징하는 건축물 중에서 급수탑은 가장 볼품없는 것이라 해도 무리는 아닐 것이다. 쓸데없이 크기만 하고 거칠게 보여서, 집 근처에 급수탑을 짓는다고 하면 화부터 내는 것이 자연스러운 반응이었다.

그럼에도 베허 커플이 촬영한 사진은 사실 급수탑이 얼마나 아름다운 건축물인지를 보여 주었다. 차분하고 우아한 액자에 들어가 갤러리의 벽에 나란히 걸렸을 때 말이다. 사람들은 급수탑의 녹슨 부분과 거칠다고만 생각했던 형태에서 아름다움을 발견하게 되었다. 급수탑의 기다란 몸통은 위엄 있으면서도 또 장난스럽게 보였다. 흥미롭게 생긴 건축물이라는 사실만큼은 분명했다.

베허 커플의 사진 작업은 급수탑 그 자체에 대한 것은 아니었다. 그들은 급수탑을 촬영함으로써 더 큰 메시지를 전달하고자 했다. 세상에는 아직도 우리 힘으로 발굴할 수 있는 아름답고 흥미로운 것들이 아주 많이 존재한다는 사실이었다.

급수탑 사진들이 가르쳐 주는 교훈은 그뿐만이 아니다. 세상이 우리에게 흥미로운 장소라며 알려 준 목록은 완성본과는 한참 거리가 멀다는 사실을 깨닫게 해 준다. 이 세상에서 진정 가치가 있는 것이 무엇인지 알려면, 나머지는 우리 힘으로 직접 하나하나 찾아 나서야 한다. 급수탑을 하나하나 찾아 나섰던 베허 커플이 그랬던 것처럼.

7
햇살의 중요성

우리는 모두 진지한 사람들이고 마음속에는 현실적이
고 중요한 고민으로 가득 차 있지만, 이것만큼은 솔직
하게 인정해야 한다. 따뜻한 햇살이야말로 우리를 떠나
고 싶게 만드는 가장 크고 중요한 이유라는 사실을.

추워도 너무 추운 날들이었다. 몇 달씩 차디찬 바람에
섞인 비를 맞으며 절망 속에서 지내 오지 않았던가. 길
어도 너무 긴 겨울과 여전히 쌀쌀한 봄을 견디며, 몇 겹
의 옷을 겹쳐 입어야 했는지. 마지막으로 맨살을 제대
로 본 것이 언제인가 싶을 정도다. 씻을 때 슬쩍 그 창백
한 피부를 흘겨봤던 것이 전부다. 나가지를 못하니 먹
기만 했다. 조금 무거워졌다는 사실을 부정하고 싶지만

몸은 거짓말하지 않는다. 자아 성찰을 해 본다. 역시 우리는 햇살 가득한 아침과 너무 더워 게을러질 수밖에 없는 오후, 밤까지 이어지는 매미의 우렁찬 울음소리에 맞춰진 사람들이다.

해변으로 나서면 안락의자가 있고 위로는 큼지막한 파라솔이 반갑게 인사를 건넨다. 바닷물은 따뜻하고 더위는 우리 몸 가장 깊숙한 곳까지 달구어 준다. 하늘은 매일같이 푸르며 구름 한 점 보이지 않는다. 호텔 발코니에서 내려다보면 거칠고 건조한 언덕들이 끝없이 펼쳐져 있다. 노랗게 구워져 갈라진 땅을 바라보는 것은 무척이나 즐겁다. 최소 몇 주 이상 뜨겁고 건조한 날씨가 이어졌다는 증거이기 때문에.

이렇게 보면 인류가 거친 바람이 불고, 언제나 축축하고 음울한 날씨가 거의 일 년 내내 이어지는 곳에서 생존하는 법을 익혔다는 것이 조금 비인간적으로 느껴지기도 한다. 분명 인간들은 그런 장소에서 살아왔다. 독일의 비스바덴, 노르웨이의 트론헤임, 핀란드의 휘빙캐, 그리고 캐나다의 캘거리 같은 곳 말이다. 하지만 그저 살기만 하면 무슨 소용이겠나.

햇살이 가진 힘이란 고작 '좋다' 정도로 끝낼 수 있는 성질의 것이 아니다. 햇살은 우리 인생에 아주 중요한 역할을 한다. 우리가 인간적일 수 있도록 도와주는 매니저인 셈이다. 너그러움, 용기, 지금 이 순간을 즐기고 어디에서든 자신감을 유지할 수 있게 해 주는 것이다. 햇빛을 받을 때 우리는 기분이 달라지는 걸 느낀다. 스스로가 제법 마음에 드는 모습이 되는 것이다. 세상이 풍요롭고 쉽게만 느껴질 때(더운 곳에서는 주로 그렇다), 돈 버는 일은 훨씬 별 볼 일 없고 불필요한 듯 보인다. 티셔츠와 반바지를 입고 앉아 페타 치즈에 토마토 샐러드를 먹는 것만으로도 너무나 즐거운데 무슨 성공을 위한 경쟁을 한다는 말인가. 많이 더울 때는 책을 읽는 것조차 버겁다. 생각도 많이 안 하는 것이 좋다.

태양은 우리의 어두운 면들을 녹여 줄 수 있다. 북쪽 지방의 경직된 삶의 방식은 우리 인생에 지나치게 보편화되어 있으며 고착화되기 쉽다. 그러므로 우리가 해변에 누워야 하는 이유는 단지 우리가 생각이 짧거나 가벼운 사람이라서가 아니다. 충직하고 진지하게 너무 열심히 일하게 되면 우리의 몸과 마음의 균형이 깨질 위험이 따르기 때문이다.

지혜와 삶의 균형을 갈구하는 마음이 우리를 여기까지 이끌어 주었다. (이는 예술과 문명, 여행의 이상적인 목표이기도 하다.) 선크림과 선글라스, 안락의자와 수영장 옆에 놓인 컬러풀한 칵테일 한 잔이 있는 이 마법 같은 장소로.

8
부끄러움을 이겨 내기 위한 여행

일본에서의 첫날은 무척이나 힘들었다. 모토마치 쇼핑 거리의 모퉁이에 위치한 가게에 들어가 모바일 선불 카드를 구입하려 했을 때의 일이다. 당신은 핸드폰을 들어 "여보세요?"라고 말하며 통화하는 듯 포즈를 취했지만, 니시무라 씨는 그 기괴한 행동을 전혀 이해하지 못했다. 당신은 더위에 찌든 상태에 이제는 당혹감까지 얻었다. (온도는 30도였고 습도도 꽤나 높았다). 아무 힘 없는 어린이가 된 것 같기도 하고 덩치만 큰 바보가 된 기분이기도 했다.

그 순간 당신은 학창 시절 발표를 위해 단상 앞에 나갔다가 머릿속이 하얘졌던 기억이 되살아난다. 대학 시절 어느 오후에 나만 빼고 모두가 뿔뿔이 흩어지는 모습을 보며 누구에게도 끼어도 되냐고 묻지 못해 엉거주춤했던 모습과 함께 말이다.

시간이 흐르며 당신은 이런 어색한 상황에 처하지 않도록 대비하는 법을 배웠다. 자신의 소심함을 숨길 수 있게 되었고, 어디에서든 원치 않는 관심을 받지 않는 데 선수가 됐다. 하지만 이런 뛰어난 자기방어술에는 단점도 있었다. 처음 느끼는 감정이나 무섭다고 느껴지는 상황이 오면 당신의 본능은 도망치라고 말했다. 그 덕분에 놓친 것들이 많았다.

하지만 일본에 도착하니, 사람들과 자연스럽게 어울린다는 것은 불가능해졌다. 당신은 그저 멍청한 외국인이다. 뭘 해야 할지 아무것도 모르는 상태가 됐다. 어딜 가든 사람들이 당신을 빤히 쳐다보는 것은 물론이고 말이다.

여기까지 얘기하면 정말 나쁜 상황에 처했다고 오해하기 쉽지만 놀랍게도 그렇지 않다. 오히려 전에 없던 해

방감을 안겨 주는 사건일지도 모른다. 어쩌면 사람들과 어우러진다는 자체가 과대평가된 것인지도 모른다. 진정으로 알차고 흥미로운 삶을 경험하기 위해서는 바보가 되는 수밖에 없는지도 모른다. 그 어느 장소에서 그 어떤 상황이 벌어지든지 말이다.

긴장되지만 당신은 가게로 다시 돌아간다. 와사비 맛 과자를 하나 사면서 계산대 직원에게 활짝 미소를 짓는다. 그도 같이 따라 웃는다. 배움의 과정이 시작되었다. 당신은 '가즈타카'라는 아주 멋진 친구를 알게 되어 산케이엔 정원 근처에 있는 멋진 집을 빌린다. 며칠 후 다시 그 가게로 돌아가 작은 별 모양의 초코비 비스킷을 산다. (신기하게 생겼으니까.) 당신은 비를 주제로 농담을 시도한다. "아메 데스"라고, 아침 식사 후에 연습한 문장을 말한다. 제발 '비가 내린다'는 뜻으로 들리기를 기도하면서 자신의 젖은 머리카락을 같이 흔들어 본다. 니시무라 씨가 활짝 웃는다.

여행을 통해 당신은 부끄러움을 벗어던진다. 어른이 되어 가는 과정이다. 여행이 가르쳐 줄 수 있는 중요한 한 가지가 있다면 가끔 바보처럼 보여도 괜찮다는 것이다. 오히려 바보가 됨으로써 더 자신감 있고 남을 덜 의식하는 사람이 될 수 있을지 모른다.

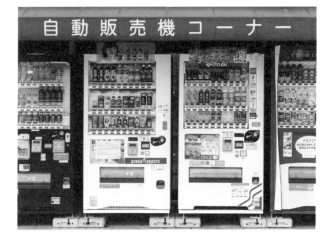

유용한 외국어 표현들

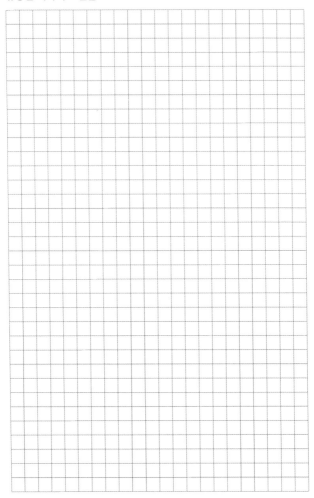

공항의 가장 안타까운 점은 대부분이
비행기를 타기 위해 그곳에 간다는 것이다.
당황한 데다 신경이 곤두선 것은 물론
스트레스로 가득 찬 우리는
현대 사회에서 가장 흥미롭고
가치 있는 장소를 방문했다는 사실을
전혀 인지하지 못한다.

9
공항이 주는 즐거움

공항의 가장 안타까운 점은 대부분이 비행기를 타기 위해 그곳에 간다는 것이다. 당황한 데다 신경이 곤두선 것은 물론 스트레스로 가득 찬 우리는 현대 사회에서 가장 흥미롭고 가치 있는 장소를 방문했다는 사실을 전혀 인지하지 못한다. 공항은 그 자체로도 여행지가 될 만한데도 말이다.

수천 권도 넘는 소설의 시작이 바로 출국장이다. 이곳에서 시작되는 어떤 여행은 불과 며칠 전, 뮌헨이나 밀라노의 사무실에서 갑자기 발생한 문제로 인해 급작스럽게 정해졌을 것이다. 또 어떤 여행은 3년간의 고통을 동반한 기다림 속에서 겨우 가능해진 카슈미르 북부 마을로의 귀환일지도 모른다. 그는 아직 만나지 못한 어린 조카들의 선물을 가득 담은 여섯 개의 짙은 초록색 화물 가방과 함께 출국을 기다리고 있다.

터미널 사이사이에 위치한 거대한 비행 편 알림 화면만큼 공항의 매력을 가득 머금고 있는 사물은 없다. 딱딱한 글씨체로 곧 하늘로 날아갈 비행기들의 스케줄을 쭉 나열해 놓는 바로 그 화면 말이다. 이 화면을 보고 있으면 세상에 불가능한 일은 없을 것 같은 착각이 든다. 즉흥적으로 근처의 티켓 부스로 달려가 표를 사는 상상을 한다. 몇 시간 만에 흰색 집들 사이로 기도 시간을 알리는 소리가 울려 퍼지는 곳, 우리가 전혀 이해하지 못하는 언어를 쓰고 아무도 우리가 누군지 모르는 그런 장소로 훌쩍 떠나 버릴 수 있을 것 같다고 느낀다. 목적지에 대한 어떠한 설명도 없다는 사실이 오히려 그 장소들이 가진 과거의 향수를 불러일으켜 아직 느끼지 못한 그리움을 안긴다. 로마, 트리폴리, 니스, 상트페테르부르크, 마이애미, 아부다비를 경유한 무스카트, 알제, 키예프, 나소를 경유한 그랜드케이맨섬. 이 모든 곳이 우리가 집에 갇혀 있는 듯 갑갑함을 느낄 때 해방을 약속하는 출구로써 매력을 어필하는 곳이다.

우리는 항공 여행이 얼마나 굉장하고 또 기이한지 자주 잊는다. 어제는 기마라스 해협의 끈적끈적한 더위를 느끼며 북적이는 노상 식당에서 치킨 이나살을 먹었는데, 오늘 아침에는 런던 히스로 공항의 42번 게이트에서 베이컨 에그 샌드위치를 먹으며 현재 기온이 영하 2도인 글래스고로 가는 비행기를 기다리고 있다니.

입국장은 물론 지옥처럼 느껴질 것이다. 몹시 피곤하지만 감각은 아주 날카로워진 당신은 눈에 보이는 모든 정보를 순식간에 입력해 버린다. 조명, 안내판, 피부색, 금속성의 소리와 광고들. 마치 마약 중독자 혹은 막 태어난 아이처럼 모든 게 신기하게만 보인다. 마치 톨스토이처럼 '부활'한 것만 같다. 오부두 언덕*에서 맞이했던 새벽을 떠올리니 이곳에서의 아침이 얼마나 기이하게 느껴지는지. 하이 아틀라스**에서 바람 소리를 듣다가 이곳에서 만나는 녹음된 안내 음성은 또 얼마나 기이한지.

* 나이지리아의 산악 지대.
** 모로코의 산악 지대.

우리는 여행이 주는 이런 시선의 변화를 절대로 포기하면 안 된다. 튀니스나 하이데라바드에서, 리마나 장크트갈렌에서 우리가 목격한 세상의 다른 모습들을 모두 기억하라는 뜻이다. 우리가 사는 곳의 모든 것이 당연한 것이 아니다. 발레타와 뤄양의 거리가 다르듯, 이곳 또한 아주 많은 세상 가운데 하나일 뿐이다.

공항이 얻은 끔찍한 평판에는 분명 그만한 이유가 있다. 그럼에도 불구하고 공항은 이렇게 나름의 방법으로 우리에게 중요한 가르침을 주려고 노력 중이다.

IO
비행이 주는 즐거움

창가 쪽으로 몸을 꾹 누르고 앉아 있노라면 묘한 기분이 든다. 양옆으로는 동그란 케이스에 들어간 엔진 두개가 열심히 노동하는 소리가 들린다. 거기엔 적당한 크기로 적힌 주의 사항이 분명하게 말한다. 엔진이 매달린 날개 위로 걷지 말고, 기름 이외에는 그 어떤 것도 작은 구멍에 넣지 말아 달라고. 지금은 아마 잠들어 있을 어느 대륙의 기술자들이 착륙 후 이 녀석들을 돌봐줄 것이다.

비행기 객실 안에서 보이는 구름에 대해서는 딱히 할말이 없다. 이곳에 있는 누구도 지금 바다 위를 가로지르고 있다는 사실에 감탄하지 않는다. 피에로 델라프란

체스카*의 그림에 나오는 천사나 하느님의 완벽한 의자가 될 만한 드넓은 솜사탕의 섬들이 펼쳐지고 있지만, 아무도 벌떡 일어나 창문 밖을 보라고, 우리가 지금 구름 위를 지나가고 있다고 목소리를 높이지 않는다. 레오나르도 다빈치, 니콜라 푸생, 클로드 모네나 존 컨스터블 같은 불세출의 화가들이라면 경이로움을 느꼈을 풍경임에도 말이다.

세상은 참 넓어 보이고 우리는 무척 작아 보인다. 그 극명한 차이가 우리를 기분 좋게 만든다. 이렇게 내려다보고 있자면 인생의 문제들은 걱정거리도 아닌 것 같다. 우리가 얼마나 아무것도 아닌 존재인지, 이 아름다운 풍경은 말없이 가르쳐 준다.

인류는 아주 오랜 시간 동안 신들이 저 하늘의 산꼭대기에 자리하며 인간을 내려다본다고 상상했다. 그랬을 법도 한 것이, 이 정도 높이에서 내려다보면 우리조차 인류를 향해 미소 짓고 심지어 사랑까지 할 수 있을 것

* 제단화로 유명한 15세기 이탈리아의 화가.

같다. 도시가 끝없이 확장하는 모습도 실제의 음침함과는 달리 이곳에서는 잘 정돈된 것 같고 평화롭게만 보인다. 글래스고의 동쪽 교외는 넓은 농지 사이에 자리잡고 있는데, 콩알만 한 트럭들이 차분히 함부르크의 부두로 향하는 아우토반 도로가 마치 고급스러운 리본 같다.

이런 풍경을 보고 있으면 집에 두고 온 이들에 대해 더 애틋한 감정을 느끼기도 한다. 알프스 남쪽 지방이나 싱가포르 해협의 풍경에 비춰 보면 그들에게 화났던 이유가 잘 기억나지 않는다. 화내지 말고 더 따뜻한 모습을 보여 줘야겠다는 다짐을 한다. 더불어 함께 살고 있는 이 넓은 세상을 바라봄으로써 우리는 그들이 정말 소중한 사람들이라는 사실을 솔직하게 고백하고 싶다는 충동을 느낀다.

점심시간이 됐다. 우리가 조그마한 구운 감자나 생선을 찔러 대면서 오렌지주스 컵의 뚜껑을 따려고 끙끙대고 있을 때, 우리의 비행기는 고작 6킬로미터 아래 방탄차를 타야 여행이 가능할 위험 지역을 가로지르고 있다.

식사 후 화장실에 가기 위해 탑승객 전용 양말을 신고 살며시 통로로 나서는 그 순간에, 비행기는 어느 사나운 산 정상에 도전하고 있는 등반팀 위를 지날 수 있다. 우리가 씻은 손을 조심스럽게 드라이어에 말리면서 자리에 돌아가면 어떤 코미디 영상을 시청할까 고민하는 동안에, 그들은 산 정상 바로 아래에서 마지막 빙벽에 맞설 준비를 하며 야영하고 있을지도 모른다.

선조들이 너무나 힘들게 싸워 온 대자연은 모두 평정되었다. 합금과 유리로 이루어진 이 작은 동체는 인류를 두렵게 했던 숲을, 사막을, 그리고 바다를 아무 일도 아니라는 듯 편안하게 지난다.

비행기가 서서히 고도를 낮춘다. 첨단 기술의 위대함이 우리를 낮은 대기로 이끌어 갈수록, 더 나은 사람이 되고 싶다는 우리의 꿈은 커진다. 활발하지만 생각도 깊고, 감성적이지만 모험적이기도 한 사람. 균형 잡힌 식사를 하고 주어진 환경에 고마워할 줄 알며, 무엇보다 우리에게 남은 시간 동안 최선을 다해서 살아가는 사람이 되고 싶다는 그런 꿈 말이다.

II
예쁜 도시들

우리는 대부분의 시간을 볼품없는 거리에서 보낸다. 콘
크리트와 철, 플라스틱의 시대가 온 후로는 흉물스러움

이 도시의 기본 사양이 되어 버렸다. 우리가 사는 대부분의 도시들은 화가 날 만큼 못생겼다고밖에 표현할 수가 없다.

세상을 긍정적으로 바라보자면 이런 것들이 딱히 상관없을지도 모른다. 우리가 어느 장소에 있든지 그것이 우리에게 끼치는 영향은 없을지도 모른다. 분명 벽돌의 색깔이나 창문의 모양이 우리 삶에 중요한 부분이라고 말하긴 어려울 것이다.

그렇지만 여행을 해 보면 안다. 우리가 얼마나 도시의 건축적인 아름다움을 갈구하고 있는지. 본능적으로 건축 환경이 우리에게 끼치는 영향을 알고 있는 것이다. 우리는 어느 장소에서든 똑같은 사람이 될 수 없다. 프랑크푸르트나 밀턴킨스, 디트로이트 같은 도시를 가면 그 흉물들이 우리의 영혼을 갈취해 버릴 것이다. 하지만 트리에스테나 포틀랜드, 세비야나 피렌체에서는 어쩐지 조금 더 상냥한 사람이 된 것을 느낀다.

추한 건축물들이 우리의 인생에 어떤 영향을 끼치는지,

그 흉물스러운 것들이 우리의 영혼을 앗아 가고 모두를 더 악랄하게 만든다는 사실을 입증할 수만 있다면 그것들을 더 이상 짓지 못하게 법을 제정할 것이다. 하지만 우리 주변의 세상을 더 아름답게 만드는 것이 중요하다고 주장하는 정치인이 지지를 받는 날은 아직 요원해 보인다. 제정신이 아니라는 소리나 들을 것이다.

이상적인 사회라면 건축이야말로 인간의 정신 건강에 중요하며 대중의 행복을 위한 중요한 역할을 한다는 사실을 인정할 것이다. 그리고 나쁜 디자인은 드디어! 우리 모두의 영혼에 악영향을 주는 범죄로 다뤄질 것이다.

그날이 올 때까지 우리는 그저 여행할 수밖에 없다. 산지미냐노 또는 교토, 혹은 자이푸르나 양곤의 거리처럼 영혼을 어루만지는 장소들을 그리워하며 지낼 수밖에.

세상이 글로벌화되고 있다고들 하지만
각 나라의 도시들은 매력적인 개성을
유지하고 있다.
냄새, 소리, 빵, 이른 아침의 햇살과 사람들
의 신발, 홍차를 만드는 방법,
수도꼭지와 콘센트의 모양,
그리고 오후 5시의 빛 같은 것들……

12
다름이 주는 즐거움

불과 몇 시간 전만 해도 당신은 집에 있었다. 지금은 바로 여기, 모로코 카사블랑카의 구도심에 자리한 시장통 속에 있다. 당신보다 최소 열 살은 더 많을 남자가 낡아 빠진 가죽으로 덮인 의자에 앉아 피스타치오와 레몬 절임, 그리고 하리사* 소스를 팔고 있다. 지난 20년간 똑같은 모습으로 살아왔다 해도 놀랍지 않다. 그가 틀어 놓은 라디오에서 나오는 노래는 처음 들어 보지만, 굵은 여성 보컬이 힘차게 "엘레"라는 단어를 반복하는 분위기가 왠지 이곳 유명 가수의 히트곡인 것 같다. 당신은 하산 2세의 모스크를 보기 위해 먼 길을 왔다. 하지

    *   Harissa, 붉은 고추, 마늘, 오일 등을 넣어 만드는 북아프리카 지역의 소스.

만 이 남자에게 그곳은 일상의 하찮은 배경일 뿐이다. 버킹엄 궁전이 당신에게 익숙함을 넘어 별 볼 일 없이 느껴지는 것처럼 말이다.

아니면 당신이 방문한 곳은 독일의 수도일 수도 있다. 크로이츠베르크에 위치한 작은 바라고 해 두자. 당신이 막 체크인한 호텔 앞 코너에 자리한 이 바는 이른 오후 시간임에도 꽤나 바쁜 모습이다. 기우뚱한 테이블 위에는 촛불이 켜져 있고, 당신 옆에는 아주 멋진 모습의 한 커플이 '쿨투어Kultur(문화)'와 '필로조피Philosophie(철학)'라는 단어를 강조하면서 열띤 대화를 이어 가고 있다. 중년의 한 여성은 쇼펜하우어에 대해 쓴 아주 두꺼운 책을 깊숙이 들여다보며 필기를 한다. 한가한 시간대에는 바텐더가 「디 차이트」 신문을 훑어보는 모습이 보인다. 신문 1면에는 큼지막하게 수학 공식이 쓰여 있다.

이런 순간에 우리가 느끼는 즐거움이란 바로 '다름'으로부터 얻어지는 것이다. 우리가 떠나온 고향과는 묘하게 다른 관행이나 풍습, 버릇과 언어까지도 모두 우리가 사는 세상이 얼마나 다양하고 복잡한 곳인지 상기시켜 주는 반가운 단서들이다. 한 곳에만 정착해 살면서 둘러본다면, 사람 사는 게 다 똑같다고 결론 내리기 쉽다. 인생이 뻔하고 지루하게 느껴질지도 모른다. 하지만 새로운 나라로 간다면 몇 시간 이내에 그 편견은 부서질 것이다. 세상이 글로벌화되고 있다고들 하지만 각 나라의 도시들은 매력적인 개성을 유지하고 있다. 냄새, 소리, 빵, 이른 아침의 햇살과 사람들의 신발, 홍차를 만드는 방법, 수도꼭지와 콘센트의 모양, 그리고 오후 5시의 빛 같은 것들……. 그 모든 것이 '다르다'. 그 다름이야말로 우리로 하여금 조금 다르게 살아 보라고, 조금 다르게 생각해 보라고 권하는 초대장과도 같다. 행복해지는 길은 이미 우리가 파악하고 있던 길 바깥에 더 다양하게 존재하고 있을지도 모른다. 집에서는 불가능하다고 느꼈던 변화들을 이곳에서는 시도해 볼 수도 있는 것이다.

이 모든 것은 피스타치오를 파는 남자가 말없이 가르쳐 준 것이다. 수업료인 셈 치고 한두 박스 구입하는 것도 좋겠다.

13
낯선 이와의 대화를 원할 때

관광업계는 우리가 다양한 국가를 방문할 수 있도록 문을 활짝 열어 주었다. 반드시 갈 만한 여행지들이 어디인지 소개해 주는 것도 잊지 않았다.

그런데 아주 중요한 한 가지가 그들의 추천에서 늘 빠져 있으니, 바로 사람이다. 보이지 않고 아무도 말하지 않지만 분명 어떤 강력한 규칙이 존재하기라도 하는 것처럼, 관광은 우리가 방문한 국가에 살고 있는 사람들을 우리로부터 최대한 멀리 떨어뜨려 놓았다. 그들은 그림자처럼 아주 가끔씩만 모습을 드러낸다. 수영장 옆의 한 남자. 공항에서 만난 택시 운전사. 숲을 가로지를 수 있게 도와준 여성 정도가 전부다. 대부분은 우리의 관심을 다른 곳으로 돌리려 한다. 그들의 문화나 유명한 건물, 아름다운 자연이나 음식 같은 것들 말이다.

이 사실은 우리를 진정 슬프게 만든다. 우리가 여행을 떠나고자 하는 장소는 대개 그곳 사람들이 살아가는 방식에서 오는 특성과 연관이 있기 때문이다. 뉴욕은 자신감과 현대적인 감각, 암스테르담은 일상생활의 존엄성, 멜버른은 반가운 솔직함과 따뜻함일 것이다. 이런 다양한 인간적인 미덕이 우리를 그곳으로 가고 싶게 만드는 것임에도, 우리는 대체로 관광객을 위해 준비된 환경 속에서만 그들을 만날 수 있다. 하지만 우리가 정말 원하는 것은 무언가를 사거나 사진을 찍는 게 아니라 대화를 나누는 것이다.

그럼에도 우리는 고통스러울 만큼 외부인으로만 남는다. 어느 날, 한 카페 야외 테라스의 기다란 테이블에서 열리고 있는 대가족의 축하연을 지나친다. 누군가 우리 모두가 가사를 알고 있는 노래를 부르고 있다. 부동산 창문에 붙은 거래 중인 매물들의 정보를 훑어보며 이곳으로 이사 오는 상상을 한다. 퇴근 시간 즈음 집으로 가기 위해 우리가 전혀 모르는 지역으로 향하는 버스와 전철을 기다리는 사람들의 모습을 살핀다. 우리는 끊임 없이 흥미로운 얼굴들을 발견하고, 사람들의 복장과 그들이 친구를 만나 인사를 나누는 몸짓까지도 모조리 관찰하곤 한다. 늦은 저녁, 한 주택의 3층 조명이 환하게 빛나는 곳에서 흘러나오는 파티 소리를 듣는다. 18세기경 이 나라에서 그려진 대부분의 그림을 감상했고 중세 후기에 지어진 사원들의 양식에 대해 빠삭하게 알게 되었음에도, 우리는 아직 시작조차 하지 않았다. 터에 깃든 영혼인 '지니어스 로시'는 교묘히 도망 다니고 있다. 우리는 단 며칠만이라도 이곳에 정착해서 함께 사는 기분이 어떨지를 느끼고 싶다. 이곳의 사람들이 지닌 긍정적인 태도와 삶을 바라보는 자세를 우리도 시도해 보길 원한다.

미래의 관광 산업은 마치 호텔이나 비행기를 예약하듯 현지인 친구를 예약할 수 있게 해 줄 것이다. 성공적인 여행을 위해 반드시 예약하게 되는 시대가 올 거라는 말이다.

그때까지는 각자의 용기를 더 키워 나가는 수밖에 없다. 낯선 이에게 다가가 날씨나 정치 이야기로 말문을 열어 보자. 너무 수줍어서 도저히 나서지 못하겠다고? 그렇다 해도 우울해하지 말아라. 현지인 친구 예약을 빨리 유행시키지 못한 관광업계의 잘못이니까.

14
완벽함이 가지는 취약함

돈을 쓰면 쓸수록 우리는 그만큼 더 행복해질 수 있다. 관광업계가 우리에게 각인시키기 위해 많은 공을 들이는 메시지다.

설득력 있는 말처럼 느껴질 때도 있다. 그래서인지 여유만 있다면 우리는 들은 대로 행한다. 해변 바로 앞에 자리하거나, 과거 공장 지대였지만 현재는 개성 있는 부티크 호텔로 가득 찬 힙한 지역을 골라 숙소를 잡는다. 호텔방에는 아주 멋진 침대 등이 있고 벽에는 예술 작품이 걸려 있다. 대리석으로 꾸며진 고급스러운 화장실은 물론이다. 서비스는 흠잡을 데가 없다. 우리는 리뷰 점수가 높은 유명한 식당에 좋은 자리를 잡는다. 공항에서 우리를 픽업해 줄 좋은 차를 예약해 둔다. 아이를 가르칠 테니스 코치까지 섭외해 놨다. 자식을 위해 못 해 줄 것이 무엇이랴. 이 모든 걸 누릴 수 있으니 그저 감사할 뿐이다. 우리는 이제 확신할 수밖에 없다. 이번 휴가는 아주 끝내 줄 거라고.

하지만 이렇게 많은 지출에도 불구하고 인간에게 있어 가장 중요한 부분은 소홀히 할 때가 많다. 우리가 만족감을 얻기 위해 무엇보다 우선시해야 하는 것, 바로 정신 건강 말이다. 아주 작은 심리적인 장애 요소만으로도 쉽게 여행을 망칠 수 있다. 수백만 불짜리 호텔도 운전기사가 딸린 전용차도 도와줄 수 없다. 동행이 신경을 긁는 말이라도 한다면 제아무리 유명한 오마르 오상파뉴*를 먹어도 소용이 없다. 우리의 삶을 비꼬는 듯한 언사 앞에서 어느 섬세한 맛을 지닌 음식이라고 기분을 바꿔 줄 수 있을까. 그뿐이랴. 정원사와 박물관 큐레이터가 준비한 프로그램을 망치는 데는 심술쟁이 열세 살 어린이 한 명이면 충분하다. 엎친 데 덮친 격으

* Homard au champagne, 랍스터에 소금, 후추, 계란 노른자, 샴페인 등을 넣어 만든 요리.

로 동행이 섹스를 하고 싶지 않다고 한다면 어떨까. 호텔방의 린스를 도나텔라 베르사체*가 직접 골랐다거나 베개 위에 벨기에 트러플 초콜릿이 놓여 있다는 사실이 위로가 되진 않을 것이다. 이제 베개는 꾹 안고 엉엉 우는 데나 써야 할 판이다.

거리를 두고 멀리서 바라보면 피식 웃고 넘길 사건들이다. 하지만 우리에게 실제로 일어난다면 그건 비극이 된다. 이런 이야기를 한다 해서 호화로운 여행이 나쁘다는 뜻은 아니다. 단지 그런 여행에도 한계가 있다는 사실을 말하고 싶을 뿐이다. 물론 배낭여행을 한다고 이런 슬픔을 느끼지 않을 거란 보장은 없다. 여행에 큰돈을 쓰는 것이 의미가 없다는 이야기도 아니다. 행복을 얻기 위해 가장 중요하고 우선시되어야 하는 것은 정신적인 만족이란 뜻이다.

* 이탈리아의 명품 브랜드 베르사체의 패션 디자이너.

가족 여행에서 목적지가 어디인지,
혹은 여행 일정을 어떻게 짰는지 같은 것은
크게 중요하지 않다.
가족 구성원들이 서로 더 아끼고
사랑하도록 도와주는 것,
가족을 가족으로 묶어 주는 것이야말로
여행이 가진 힘이다.

15
가족 여행의 중요성

우리는 가족 여행이라는 것이 얼마나 잘못될 확률이 높은지 잘 알고 있다. 때문에 가족 여행이 잘 흘러갔을 때 우리가 얻을 수 있는 것이 무엇인지를 오히려 더 새겨 두는 것이 좋다. 가족 여행에서 목적지가 어디인지, 혹은 여행 일정을 어떻게 짰는지 같은 것은 크게 중요하지 않다. 가족 구성원들이 서로 더 아끼고 사랑하도록 도와주는 것, 가족을 가족으로 묶어 주는 것이야말로 여행이 가진 힘이다.

우선 여행은 가족 내에 존재하는 상하 관계를 지울 수 있다. 자녀들에게는 부모가 익숙하지 않은 장소에서 어떻게 행동하는지를 관찰할 기회다. 대부분 평소처럼 믿음직스럽지 않다. 아빠가 입은 수영 바지는 왠지 모르게 어색해 보인다. 그간 양복에 가려진 불뚝 나온 배가 더 도드라져 보인다. 언제나 모든 것을 알고 가족을 완벽하게 이끄는 것처럼 보였던 엄마마저도 외국어 메뉴를 보며 주문할 때는 수줍은 표정을 짓는다. 부모님 또한 사람이구나 하는 깨달음을 주는 것이다. 아빠는 수영장에서 물이 튀는 것을 무척 두려워하고, 엄마는 모래성을 짓는 데 전혀 도움이 되질 않는다. 여행지에서는 아이도 부모와 똑같이 하거나 어떤 것들은 오히려 더 잘할 수 있는 기회를 가진다. 작은 보트의 노를 저어 정박시키거나 시장에서 토마토를 사는 일 정도는 열 살짜리 아이가 자신의 부모보다 더 잘 해낼 수도 있다. 나도 부모님만큼 할 수 있다는 것은 아이들에게 반가운 첫 경험이 된다.

어떤 위험이 찾아와도 가족이 함께 해결한다는 공동체 의식 또한 가족 여행이 줄 수 있는 것이다. 박물관에서 나왔더니 폭풍이 몰아치고 있거나 전통 시장에서 길을 잃어버렸을 때. 도둑맞은 지갑을 찾아 나서거나 밤 11시에 숙소를 찾아 헤매야 할 때. 함께 그런 일들을 겪을 때는 여행을 망쳤다고 툴툴댈지도 모른다. 하지만 시간이 흐르고 나서야 우리는 깨달을 것이다. 그 사건들이야말로 우리로 하여금 서로 조금 더 이해하고 배려하며 이기심을 내려놓도록 도와주었다는 사실을.

여행은 또한 부모에게도 아직 때 묻지 않은 아이들의 눈으로 세상을 바라볼 기회를 준다. 여행을 즐겁게 하는 요소들이 정반대로 뒤집어진다. 호텔의 아침 뷔페도 스릴 넘치는 모험이 된다. 다섯 살짜리 아이에게 세 종류의 빵 중에서 하나를 고르고 자신만의 접시에 각종 치즈와 딸기와 소시지, 그리고 구운 연어 중에서 먹고 싶은 것을 골라 담을 수 있다는 것보다 즐거운 일은 몇 개 되지 않는다. 어느 미술관도 이보다 더 흥미로울 수 없을 것이다. 아이와 동행할 때 우리는 성인의 감성이란 게 얼마나 무딘지를 깨닫게 된다. 작은 도마뱀 같은 것들이 얼마나 마법처럼 보일 수 있는지, 파도가 밀려오는 타이밍에 맞춰 살짝 점프하는 것만으로도 얼마나 큰 즐거움을 느낄 수 있는지를 우리는 모두 잊고 살아왔던 것이다.

사춘기가 찾아오면 그때부터는 가족 여행이 쉽지 않다. 아이들은 이제 집에 있거나 아니면 친구들과 놀러 다니기를 원한다. 부모와 해변을 산책하거나 테니스를 친다는 것은 그들에겐 더 이상 하고 싶지 않은 일이다. 사춘기는 이렇게 가족 여행의 끝을 의미하지만 아이러니하게도 새 시대의 가족 여행을 알리는 시발점이 되기도 한다. 부모를 거부하는 자식들의 모습이 지금은 안타깝게 느껴지지만, 그럼으로써 아이들은 이제 자신만의 가족을 만들기 위해 떠날 것이기 때문이다. 그리고 지금은 그렇게 부모에게 하기 싫다고 했던 일들을 나서서 하고 있는 모습을 발견하게 될 것이다. 어린이 물놀이장에서 노래를 부르며 아이스크림이 뜨겁다는 식의 재미없는 농담을 최선을 다해 할 것이며, 꼭 끼는 듯한 티셔츠에 커피 자국이 묻어도 크게 상관하지 않을 것이다. 그들의 부모가 그러했듯이, 그들 또한 가족 여행의 소중함을 깨달을 테니까.

16
짧은 휴가가 주는 로맨틱한 즐거움

부부 관계란 이상하다. 가끔씩 어디론가 함께 떠나는 것이 서로를 향한 마음을 유지하는 데 도움이 된다니 말이다.

논리적으로 보면야 우리가 어디에 있든지 사랑은 변치 않는 것이 정상이다. 하지만 현실에서는 다르다. 가구가 변해야 우리도 변할 수 있다. 너무도 익숙한 집안 풍경은 우리의 과거를 꽉 묶고 조이는 것만 같다. 대부분 기억하고 싶지 않은 우리의 비이성적인 모습들이다. 저 소파에 앉아 얼마나 다투었던가. 주방에 들어서면 이곳에서 벌어진 부부 싸움의 기억이 한가득 떠올라 우리를 불편하게 만든다.

새로운 장소에서는 그런 과거의 기억이 존재하지 않는다. 우리는 새로 시작할 수 있다. 마르지 않는 애정과 너그러운 마음을 재발견할 수 있다. 짧은 휴가를 떠난다고 싸우지 않을 거라는 뜻은 아니다. 단지 충분한 시간과 여유를 가지고, 예전에 이미 나누어야 했던 대화를 나눌 수 있는 기회를 갖는다는 것이다. 집에서 다툴 때의 진짜 문제는 다툼 그 자체가 아니다. 다툼의 진짜 이유까지 거슬러 올라갈 기운도 여유도 없다는 사실이 진정한 문제다.

우린 항상 불평불만을 쌓아 놓고 지낸다. 그때는 말하기에 너무 냉정하거나 모욕적인 것 같아서 참았는지도 모른다. 그러나 그 마음들을 곪게 놔두면 서로를 향한 애정은 점차 시들어 간다. 그러다 보면 어느 순간 상대가 내게 손대는 것조차 끔찍하게 느껴질지도 모른다. 우리가 상대를 향한 마음을 잃었다고 느끼는 것은 사실 상대에 대해 품었던 단순한 불만을 해결하지 않고 꾹 참아 오면서 쌓인 분노의 결과인 것이다.

여행이야말로 그간 숨겨 왔던 마음을 드러내도 안전한

순간이다. 비록 의도치 않게 상대에게 상처를 줄 수 있는 말이라 해도 말이다. 더하여 상대에게 고마운 마음을 표현할 기회이기도 하다. 그들이 우리에게 참 많은 것을 주었음에도 우리는 고맙다는 말을 하지 못했다. 혼자였다면 하지 못했을 많을 일들이 그들이 곁에 있어 주었기에 가능할 수 있었다. 우리를 위로해 주었고 우리의 부족한 부분을 품어 주고 또 이해해 주었다. 그들이 존재했기에 우리의 어떤 단점들이 인생을 망칠 수 있었던 순간들도 넘어갈 수 있었는지 모른다.

함께 떠난 먼 여행을 통해 우리는 추억을 다시 되살려 본다. 그럼으로써 함께하는 삶을 조금 더 공평하게 나눌 수 있는 방법을 찾아 갈 수 있을 것이다.

17
조그만 식당

여행을 떠난 사람들이 대개 찾고 싶어 하는 공간이 있다. 조그만 식당 말이다. 한번 상상해 보자. 그리 크지 않은 공간에 열 개에서 열두 개 정도 되는 테이블이 전부다. 꾸밈없는 공간이랄까. 바닥과 벽에는 아무런 인테리어도 없고 의자도 그저 사람을 앉게 한다는 임무에만 충실한 정도다. 그럼에도 이 공간에는 어떤 망설임도 없어 보인다. 굳이 손님들의 환심을 사려고 노력할 필요가 없다는 듯 당당함이 배어 나온다. 벽에 걸린 백열전구들이 망가져 있다는 사실이 신경 쓰이지 않을 만큼 이곳의 생선구이는 아주 잘 구워져 있다. 몇 개 되지도 않는 메뉴는 계산대 앞 칠판에 매일같이 손으로 써 내려가는 듯하다. 모든 것이 단순하고 신선할 뿐인데 더 이상 바랄 게 없다. 음식은 빨리 나오고 웨이터는 친절한 데다 까다롭게 굴지 않는다. 마실 물은 오래된 와인병에 담아다 준다. 다 먹고 나서 계산을 하려고 보면 가격도 정말 착하다. 돈을 내고 나오면서 우리는 감탄한다. 이보다 더 완벽한 식당이 또 어디에 있을까!

그리고 그것이 문제다. 이런 장소는 비참할 만큼 흔치 않다. 모든 여행자들이 찾고 싶어 하는 식당이지만 사금을 찾아내는 것만큼 발견하기가 어렵다. 왜 인류는 이런 조그만 식당들을 더 많이 만들지 못하는 것일까?

환상을 조금 보태어, 이런 식당은 어떤 개인이 천재적인 발상으로 개발한 것이며 지점을 만들기는 불가능하다고 할 수도 있을 것이다. 하지만 현실은 그렇지 않다. 이런 식당이 무슨 돌연변이인 것도 아니다. 사람을 행복하게 만드는 매우 합리적이고 타당하며 누구나 배울 수 있는 이상 위에 세워진 것이다. 만약 우리가 인간의 본성을 조금만 더 잘 이해하기로 한다면 세상에는 이런 로컬 식당이 넘쳐흐를 수도 있을 것이다.

조그만 식당을 통해 우리는 여행이 숨겨 온 거대한 진실 한 가지를 마주치게 된다. 우리는 무엇이 우리를 만족시키는지 잘 이해하지 못한다는 사실이다. 우리는 주로 비싸고 거창하며 감성적이고 대중적인 답변을 한다. 우리를 즐겁게 한 요소가 무엇인지를 진정으로 깨닫고, 그 경험을 다시 느끼게 해 줄 사업을 개발하기에는 너무나 무능한 것이다.

우리가 무엇에 즐거움을 느끼는지 제대로 분석할 수 있다면 우리는 아마 대부분의 시간을 박물관에서 보내는 대신 사람들과 대화하면서 보낼 것이다. 바닷속 고래를 쫓는 여행에 유혹을 느끼기보다 외국의 슈퍼마켓을 돌아보는 데 더 흥미를 보일 거라는 말이다.

그러면 결국 거대하고 화려한 프랑스 레스토랑이 아닌 조그만 식당들이야말로 우리를 사로잡는 매력을 지녔다는 것을 깨달을 수 있을 것이다. 여행을 떠난다는 것은 우리가 어렵고도 큰 선택들과 마주해야 한다는 뜻이지만 이는 또한 신나는 도전이기도 하다. 우리는 진정 자신을 행복하게 만드는 것이 무엇인지에 대한 답을 이

제서야 막 찾기 시작한 단계에 있다.

18
군중을 위한 변명

단체 관광객을 향한 적개심은 너무나 타당해 보인다. 경험 많은 여행자라면 언제라도 그들에 대한 불평을 쏟아 낼 준비가 돼 있다. 이른 아침 스위스의 필라투스산 정상에 올라갔는데 이미 수십 명의 사람들이 북적이고 있다든지, 혹은 아테네에 갔는데 파르테논 신전 사이로 가득한 관광객들이 얼마나 불쾌한 경험을 안겨 주었는지에 대해서 말이다.

괴로울 만도 만하다. 하지만 조금만 더 깊게 생각해 본다면, 우리가 짜증이 나는 이유가 단순히 사람이 몰려 있기 때문은 아니라는 사실을 깨닫게 된다. 군중 사이에 섞여서 무척 긍정적인 경험을 한 적도 분명 있었다.

예를 들어, 올림픽 개회식에 참석한다면 품위 있게 기량을 겨루는 긍지로 가득 찬 사람들 사이에 섞여 있는 것만으로도 흥분을 누를 수 없을 것이다. 성당의 미사에 참석하는 것은 또 어떤가. 수천 명의 사람들이 모여 함께 일어나 기도하고 노래하는 광경, 수많은 사람들이 동시에 삶의 잘못을 고백하고 서로에게 범한 악행을 회개하는 기도 소리로 가득 찬 그 순간. 웅장하면서 또 근엄한 성당의 분위기는 군중을 통해서 더 큰 감동을 전한다.

그런 경험을 떠올려 보면 단순히 사람이 많다는 이유로 화가 나는 것이 아니라는 사실은 분명해진다. 우리가 진정 싫어하는 건 예의 없는 사람들이다. 격식이 없고, 무언가를 함께 경험한다는 동료 의식이 느껴지지 않는다. 웅장한 산 정상에 올라 눈앞에 내려다보이는 세상에 감탄하고 겸손해지는 마음을 수많은 사람들과 함께 나눈다면 얼마나 벅찰까. 지혜의 여신을 위해 지은 고대 그리스의 신전 앞에 빙 둘러서서 함께 그곳의 특별함을 공유한다면 얼마나 감동적인 순간이겠냐는 말이다.

여행에서 우리를 불편하게 하는 것이 무엇인지는 이제 확실해졌다. 그것을 깨달았다고 해서 군중과의 관계가 개선되기는 어렵겠지만, 우리는 그들을 미워하는 게 아니라 서로를 존중하며 배려하고 있다는 기분을 느끼고 싶을 뿐이다. 그러니까 여행을 갔을 때 정말 그곳에 우리밖에 없기를 바라는 것이 아니다. 군중이 있어도 된다. 단지 조금 다른 형태의 군중을 원한다.

인구가 과다한 행성에 살고 있으니 혼자 있고 싶다는 마음이야 충분히 이해가 된다. 하지만 이제는 문제가 더욱 커졌다. 흥미롭고 매력적인 장소치고 사람이 넘치지 않는 곳이 없다. 사람 없는 장소로 가고 싶다는 욕망은 우리가 앞다투어 더 외딴 장소를 찾아 떠나게 만들고 있다. 갈라파고스나 알래스카의 빙하를 넘어 이제는 아직은 아무나 갈 수 없는 우주까지도 목표로 하는 사람도 있다. 그러나 이 장소들도 언젠가 사람들로 가득 차는 것을 피할 수는 없을 것이다.

그러니 더 가치 있고 희망적인 목표는 어디서든 수많은 군중의 하나일 수밖에 없는 우리의 경험을 긍정적으로 바꾸는 것이다. 사람들 속에 있다는 것이 단점이 아니라 장점이 될 수 있도록, 함께한다는 것이 멋진 경험이 될 수 있도록 만들어 보자.

갈라파고스나 알래스카의 빙하를 넘어
이제는 아직은 아무나 갈 수 없는
우주까지도 목표로 하는 사람도 있다.
그러나 이 장소들도 언젠가
사람들로 가득 차는 것을 피할 수는
없을 것이다.

19
룸서비스가 주는 즐거움

어디 가서 자랑할 만한 그런 즐거움은 아니겠지만 즐거운 일은 즐거운 일이다. 무릎 위에 룸서비스 메뉴판을 올려놓고 살피며 수화기를 든다. 전화를 끊자마자 목욕재계하고 나와 텔레비전 채널을 좀 돌리고 있노라면 노크 소리가 들린다. 큰 접시 아니면 바퀴 달린 카트가 당당하게 침대 앞까지 밀고 들어온다. 음식 자체는 크게 특별하지 않을지도 모른다. 치킨 슈니첼이나 마카로니앤드치즈 같은 것들 말이다. 하지만 중요한 것은 사람의 정성이 묻어 있다는 점이다. 따뜻함을 유지하기 위해 고안된 특별한 테이블 아래에 들어 있거나 크고 동그란 철제 뚜껑에 덮여 온 저 모습을 보라. 식사하는 우리의 기분까지 고려해 기다란 꽃병에 튤립 한 송이도 함께 보냈다. 까다로운 빵 취향을 가졌을까 봐 몇 가지 옵션을 준비한 것은 물론, 마시고 싶은 물이 일반 물인지 탄산수인지까지 물어봐 준다.

물론 그들도 실수할 때가 있다. 그럼에도 그들이 우리를 배려하고 있다는 사실에는 의심의 여지가 없다. 집에서 벌어지는 일들과 비교하면 하늘과 땅 차이다. 아침에 인사해도 고개조차 들지 않는 아이들. 오늘 회사에서 무척 힘들었다고 하소연해 봐야 돌아오는 건 반려자의 성의 없는 대답뿐. 모임에 나갔다가 가족들이 당신을 험담하는 소리를 종종 듣게 되는 것은 특별한 일도 아니다.

흘러내릴 듯한 드레싱 가운을 입고 침대에 앉아 아펠슈트루델을 한 입 베어 물며 생각해 보니, 우리가 그들의 서비스에 감동받았다는 사실은 별로 놀라운 일이 아니다. 물론 우리가 돈을 냈기 때문에 제공되는 인위적인 서비스라는 건 안다. 그럼에도 카드 결제 한 번으로 마음이 촉촉해지는 경험을 할 수 있다는 것이 어찌 감사하지 않으랴. 그런 따뜻함이 우리의 일상에 얼마나 드

문 것인지를 안다면 누구나 이 마음을 이해할 수밖에
없을 것이다.

가족의 사랑은 아무리 돈이 많아도 살 수 있는 성질의
것이 아니다. 그러나 누군가 나를 신경 써 주고 있다는
기분 정도는 살 수 있다. 때론 망가지고 완벽과는 거리
가 먼 우리의 힘든 인생에서 그 정도라면 제법 가치 있
는 지출일지도 모른다.

20
자연이 주는 즐거움

여행이 우리에게 가져다주는 가장 큰 위안은 평생 모르고 살았을 수도 있는 대자연의 아름다움을 마주할 수 있는 기회를 제공한다는 것이다. 바다나 숲 아니면 양떼 혹은 계곡. 이 눈부신 자연은 위험하고 고통스러운 인간 세상의 현실과는 아주 멀리 떨어져 있다. 마치 구원과도 같이, 자연은 우리가 어떤 사람인지 혹은 무엇을 원하는지 전혀 신경 쓰지 않는다. 자연은 말없이 우리의 자만심과 이기심이 얼마나 하찮은지를 지적하며, 겸손함과 공평함의 중요성을 다시금 일깨워 준다.

양은 우리처럼 질투하지 않는다. 이메일을 보내지 않는다. 우리가 서로에게 느끼는 창피함이나 쓸쓸함에 전혀 관심이 없다. 언덕 위를 느긋하게 걸으며 살짝 궁금한 표정으로 우리를 바라보지만 그것이 전부다. 금세 고개를 돌려 삐져나온 풀잎들을 천천히 한가득 입안에 집어넣고는, 껌을 씹듯이 우걱우걱 소리 내어 먹는다. 친구로 보이는 다른 양 한 마리가 다가와 서로 엉덩이를 맞대고 앉는다. 아주 잠깐 그들은 서로 바라보면서 다 안다는 듯이 살짝 미소를 머금은 표정을 짓는다.

양들 뒤로는 오크 나무 두 그루가 있다. 유난히 웅장한 모습을 하고 있는데, 아래쪽 가지들은 서로 빡빡하게 엉켜 있지만 위로 갈수록 정돈된 형태로 뻗어 올라 완벽한 원형이라고 해도 좋을 만큼 동그랗게 푸르른 잎을 가득 채웠다. 당장 대통령 선거가 열려도, 주식 시장에 변동이 생겨도, 기말고사가 닥쳐도 나무는 변하지 않는다. 나폴레옹이 군대를 이끌고 유럽 정복에 나섰을 때나 초기 유목민들이 애팔래치아산맥에 도달했을 때도 이 나무는 똑같은 모습으로 자라고 있었을 것이다.

자연이 우리에게 안정을 주는 이유는 우리 인생을 채우고 있는 문제와 실망 그리고 희망까지도 모두 그 앞에서면 한없이 작아 보인다는 사실 때문일 것이다. 바다, 양, 나무, 구름 혹은 별. 그들의 시선에서 바라보면 우리에게 벌어진 일들은 정말 아무것도 아니다. 그러니 우리는 자연에 감사해야만 한다.

21
사진 대신 그림

흥미롭거나 아름다운 무언가를 발견할 때면 그것을 어떻게든 간직하고 싶다는 욕구가 생긴다. 현대 사회에서 이 욕망은 주로 휴대폰을 꺼내 사진을 찍는 행위로 해소된다. 이상적인 해결책처럼 보이겠지만 사진을 찍는 행위에는 두 가지 큰 문제가 있다. 첫째, 사진을 찍는 행위 그 자체에 몰입함으로써 정작 찍고 싶다고 생각한 세상의 아름다움을 즐기는 행위는 뒷전이 되어 버린다. 두 번째 문제는 우리가 그 풍경을 휴대폰에 잘 저장해 두었다고 안심하면서 생기는 일이다. 언젠간 볼 거라고 생각하지만 정작 다시는 거들떠보지도 않는 것이다.

스마트폰의 시대가 오면서 생겨난 문제라고 생각할 수

도 있지만, 사실 사진이 처음 발명되었을 때부터 존재한 문제다. 일반적인 카메라 크기가 족히 대형 괘종시계쯤은 되었던 시절부터 말이다. 처음 이 문제를 지적한 것은 영국의 예술 비평가 존 러스킨이었다. 그는 관광객들이 눈앞에 펼쳐진 아름다운 것들을 알아채거나 기억하는 데 얼마나 무능한지를 직접 보고 느꼈다. 인간이 아름다움에 반응하고 이를 소유하고자 하는 욕망을 갖는 것은 자연스러운 현상이지만, 이 욕망을 채우는 방법에는 좋은 것도 나쁜 것도 있다는 것이 그의 주장이었다. 최악은 기념품을 사거나 사진을 찍는 거라고 일갈한 러스킨이 우리에게 추천한 것은 바로 그림을 그리는 일이다. 실력이 있건 없건 상관하지 말고 흥미로운 것들을 보면 그리라는 것이다.

사진이 발명되기 전에는 훨씬 더 많은 사람들이 그림을 그렸다. 당시에는 필수 불가결했다. 그러나 19세기 중반이 되자 사진이 그림을 죽였다. 그때부터 그림이란 예술가만 그리는 것이라는 편견을 가지게 됐다. 그러자 카메라의 적이자 그림의 옹호자인 러스킨은 사람들에게 다시 그림을 그려 보자며 4년 동안 캠페인을 벌였다.

책을 쓰고 강연도 했다. 예술 학교에 후원도 했지만 그의 캠페인은 그림을 '잘' 그리자는 이야기가 아니란 사실을 분명히 했다. "하마가 하마로 태어나는 것처럼 예술가는 타고나는 것이다. 사람을 기린으로 만들 수 없는 것처럼 예술가를 만드는 것은 불가능하다."

그럼에도 재능 없는 사람들도 그림을 그려야 할 이유가 있다면 그것은 그림으로써 더 잘 볼 수 있기 때문이다. 러스킨에게는 그림이야말로 건성으로 보고 넘기지 않도록, 제대로 관찰하게 해 주는 방법이었다. 눈앞에 펼쳐진 무언가를 그림으로 그려 내려면 우리는 대상을 그저 아름답다고 말하고 쉽게 끝내 버릴 수 없다. 부분 부분을 자세하게 살펴야만 하는 것이다.

러스킨은 종종 작은 디테일을 눈치채는 사람이 너무 적다는 사실에 고통받았다. 그는 현대 관광객들의 무지와 조급함을 규탄했는데, 토마스 쿡이 1862년에 시작한, 유럽을 기차로 일주일 만에 돌아보는 관광 상품을 소비하는 사람들에게 특히 분노했다.

"한 시간에 160킬로미터를 달려 다른 장소로 이동한다고 해서 우리가 조금이라도 강해지거나 행복해지거나 똑똑해지는 일은 없을 것이다. 한 사람이 전부 볼 수 없을 만큼 거대한 것이 바로 이 세상이고, 천천히 걷든지 빨리 가든지 이 사실은 변하지 않을 것이다. 진정 중요한 것은 얼마나 빠른지가 아니라 얼마나 생각하고 보느냐는 것이다. 총알이 빠르다고 더 좋은 것이 아니듯 깊이 있는 사람이라면 천천히 가도 아무 문제가 없다. 삶의 진정한 아름다움은 어디를 가느냐가 아닌 어디에 있느냐에서 오는 것이다."

그래서 그는 더 느리게 가기로 했다. 멋진 것들을, 아니 일반적인 것들이라도 더 오랫동안 들여다보라고 권유하기도 했다. 자신이 주장한 대로 그 또한 그림을 그렸다.

스케치를 하는 데 걸릴 시간만큼 한 장소를 바라보는 것이 이상하다고, 심지어 위험하다고 느껴질 수 있다는 사실은 현대인들이 빠르게 돌아가는 세상에 얼마나 익숙해져 있는지를 알려 주는 증거다. 나무 한 그루를 그리는 데도 최소 십 분은 깊이 집중해야만 한다. 세상에서 가장 아름다운 나무도 요즘 사람들을 일 분 이상 멈추게 하기는 어렵다.

우리도 그림에 한번 도전해 보자.

존 러스킨, 〈공작새의 가슴깃 관찰〉, 1875

한 시간에 160킬로미터를 달려
다른 장소로 이동한다고 해서 우리가
조금이라도 강해지거나 행복해지거나
똑똑해지는 일은 없을 것이다.
한 사람이 전부 볼 수 없을 만큼
거대한 것이 바로 이 세상이고,
천천히 걷든지 빨리 가든지
이 사실은 변하지 않을 것이다.

그림을 그려 보자.

22
휴가 중 로맨스

휴가지에서의 짧은 연애라고 하면 좀 무신경하고 꺼림
칙하게 느낄 수 있다. 그러나 비록 오래갈 사이가 아니

란 것을 안다 해도, 사랑에 빠지는 일은 만족스러운 여행을 도와줄 수도 있다. 여행지에서 얻을 수 있는 진정한 교훈은 그곳의 역사나 유적지나 박물관에 잠자고 있는 게 아니기 때문이다. 우리를 가장 잘 가르쳐 줄 수 있는 건 바로 그곳에서 살고 있는 사람들이다. 직장에서, 친구에게, 또 가족에게 어떻게 하는지를 보면서 그들이 세상을 보는 방식을 배운다.

관광에서 로맨스가 중요한 역할을 할 수 있는 것은 그만큼 한 사람에게 특별함을 느끼게 해 주는 감정이 또 없기 때문이다. 덕분에 그 장소 또한 더 특별해진다. 처음 만난 사람을 위해 차렸던 예의범절이 키스 한 번과 함께 모두 날아가 버린다. 덕분에 우리는 그 나라의 사람들과 한층 더 깊은 교감을 가질 수 있다.

신체적 접촉이 전부라는 이야기는 아니다. 그와 함께 벌어지는 일들이 진짜 중요한 일이다. 늦은 밤 상대가 들려주는 어린 시절 추억이나 그들의 부모가 어떻게 만났는지와 같은 이야기들. 그가 즐겨 가는 현지 슈퍼마켓에서 함께 장을 보는 일. 친한 친구들의 삶, 그리고 그들의 장래 희망과 걱정거리까지. 하지만 아마 가장 감동적인 순간은 그들이 우리를 위해 문을 열어 줄 때일 것이다. 누구나 다닐 수 있는 거리가 아닌, 관광객들은 접근 금지인 사적인 공간에 발을 들여놓는 순간. 그들은 학교에서 있었던 일이나 구직의 경험, 친구들이나 직장 상사와 있었던 시시콜콜한 이야기까지 편하게 늘어놓는다.

이런 작은 경험들이 우리에게 가르침을 준다. 우리가 여행을 하면서 늘 만나고 싶었던 '여행지의 영혼'은 더 이상 거창하고 추상적이기만 한 개념이 아니다. 손에 잡힐 것처럼 분명하게, 만질 수 있을 것처럼 느껴진다. 아무나가 아니라 현지인을 만나고 싶은 것이다. 이 지역의 가치를 제대로 대변하는 사람 말이다. 상대가 수백 킬로미터 이상 떨어진 장소에, 시간대도 한참 다른 장소에 산다는 걸 알면서도 짧은 시간 동안 깊이 빠져드는 것이 바보 같을 수도 있지만, 잘만 풀리면 이것보다 더 여행의 목적을 달성하도록 도와주는 일도 없다. 만남을 통해 우리 삶에 결여된 덕목과 태도를 배우고 또 성장하는 것이다.

23

시선을 바꾸기 위한 여행

우리에게 결여된 무언가를 찾아서 여행을 떠나는 것은 인류의 오랜 전통이었다. 18세기경에는 영국의 상류층 남성들이 수준 높은 교양을 배우고 역사를 공부하기 위해 파리와 로마로 떠나곤 했다. 현대의 우리는 따뜻한 햇살이나 자연 경관을 만나기 위해 떠난다.

로마 역사학이나 춥고 긴 겨울 외에도 우리에게는 많은 고충이 있다. 여행은 이러한 우리의 삶에 도움을 준다. 가장 핵심적인 문제는 우리를 둘러싼 환경이 끊임없이 기를 죽인다는 것이다. 한 개인으로서 볼 때, 질투를 느끼게 만드는 주변인들의 성공적인 인생이 있다. 그에 비해 너무도 별 볼 일 없어 보이는 스스로의 모습은 끊임없이 상대적 박탈감에 시달리게 한다. 좀 더 일반적으로 말하면, 우리가 사는 사회가 부정부패로 가득 차 있다는 현실이 있다. 국가 기관들은 일을 제대로 못하는 것 같고, 미디어는 자극적인 헤드라인을 내놓고 싶어 혈안이 된 꼴이다. 우리가 사는 곳은 큰 혼란에 빠져 있는 듯 보인다. 이 나라에 살고 있어 다행이라는 생각이 쉽사리 들지 않는다.

물론 이론적으로는 상황이 그 정도로 나쁘지 않다는 것쯤은 안다. 먹을 수 있고 지붕 있는 집에 살고 있다는 것만으로도 고마워할 만한 환경이라는 것을 우리가 왜 모르겠는가. 하지만 그걸 안다고 해서 딱히 주변의 환경을 긍정하는 데 큰 도움이 되지는 않는다.

진정한 가난이 무엇인지 직접 경험해야만 깨달을지도 모른다. 정말 혼란한 사회가 어떤 모습인지 살아 봐야 느낄지도 모른다. 연 소득 500불 이하로 살아가고 있는 사람들의 나라를 가 보면 그제야 반성할는지 모를 일이다.

경찰이 당신에게 뇌물을 요구하는 게 정상적인 곳. 정부에 비판적인 기사를 썼다고 기자가 체포되는 곳. 정부가 폭력을 자행하며 부정부패가 일상적인 곳. 정부의 반대 세력은 게릴라군이고 공정한 재판은 기대할 수 없는 곳. 치약 한 개와 깨끗한 이불이 사치로 여겨지는 곳. 음식에 분뇨가 들어 있거나 침대 아래 죽은 쥐가 있는 곳. 사람들이 치과에 갈 돈이 없어 직접 이를 빼는 도시 혹은 나라. 감염병이 흔하고 아이들은 제대로 교육받기 어려우며 학교가 있어도 담당자들이 교육비를 빼돌리기에 더 바쁜 나라. 거리에 하수구가 노출되어 있으며 사람들이 쓰레기 더미에서 쓸 만한 물건을 찾아 뒤지는 나라.

동요할 수밖에 없을 것이다. 이런 환경을 목격한다면, 우리가 당연하다고 생각했던 많은 것들이 사실 얼마나 소중한 것인지 깨닫게 될 것이다. 손잡이를 누르면 물이 내려가는 화장실. 세탁기. 자신만의 방. 맛있는 점심. 물론 완벽한 사회는 없다. 그럼에도 우리의 고향이 아주 뛰어나고 위대한 성취를 이루었다는 것 또한 분명한 사실이다.

아이러니하게 들릴 수 있지만 생존 자체가 문제인 환경에 처한 장소를 여행하는 것이야말로 우리에게 감사할 줄 아는 마음을 가르쳐 준다. 세상의 많은 사람들이 어떻게 살고 있는지 목격하는 것으로 우리의 삶을 조금 더 객관적으로 바라볼 수 있다. 마치 화려한 갤러리에 걸린 뛰어난 예술품을 보는 것만으로도 무언가 배울 수 있듯이, 세상 또한 우리가 모르고 넘어갔던 것들을 가르쳐 준다. 벽에 걸린 그 어떤 예술 작품보다도 더 분명하고 더 오래 기억에 남도록.

Andenken an Birkenstein

24
여행과 성지 순례

예로부터 종교는 여행을 원하는 인류의 염원에 놀라우리만치 긍정적인 반응을 보여 주었다. 인간이 집에만 있어서는 아무것도 이룰 수 없다는 사실을 아주 오래전에 이미 인정한 것이다. 뿐만 아니라 종교는 인간의 여행을 훨씬 더 진지하게 받아들였다. 지금도 진지하기는 하지만, 과거에는 인간을 구원하는 중요한 방법이라는 믿음이 있었다.

기독교에서는 오래전에 사망한 성인을 기리는 신전으로 성지 순례를 가서 육체적·정신적 질병을 치료해 달라고 기도하는 것이 일반적이었다. 질병의 종류에 따라 방문해야 하는 성지도 각기 달랐고, 그 장소도 유럽 곳곳에 복잡하게 흩어져 있었다. 프랑스만 봐도 모유 수유에 어려움을 겪는 산모들을 위한 성모 마리아의 신성한 모유가 마흔여섯 곳의 성지에서 제공되고 있었다. (16세기의 종교 개혁자였던 장 칼뱅은 "성모 마리아가 소였다고 해도 이렇게 많은 우유는 만들어 내지 못했을 것이다"라고 비꼬기도 했다.) 성지 순례를 위한 지도는 내부가 복잡한 약국과도 같았다. 어금니가 아픈 신자들은 로마의 산 로렌초 성당에 가서 치아의 성인 아폴로니아의 팔목뼈를 만지라는 처방을 받았다. 거기까지 가기 너무 멀다면 안트베르펜의 예수회 교회로 가서 아폴로니아의 턱뼈 조각을 찾거나 브뤼셀의 성 아우구스티누스 성당에서 머리카락을 찾으면 되었다. 이도 저도 안 되면 발가락을 찾아 쾰른으로 가야만 했다. 행복하지 않은 기혼녀들은 결혼을 비롯한 모든 실패의 수호자인 카시아의 성 리타의 성지를 찾아 움브리아로 갔다. 전장에 나서기 전 용기가 필요한 군인들은 남프랑스의 콩크에 자리한 수도원에 들러 성 포이의 황금 성해함 앞에서 성체를 받을 수 있었다. 천둥소리에 잠 못 이루는 자들은 독일의 바트 뮌스터아이펠에 있는 예수회 교회로 가서 성 도나투스가 남긴 유물을 만지곤 했는데, 거기에는 모든 종류의 불과 폭발에 도움을 주는 힘이 들어 있다고 알려졌기 때문이었다.

오늘날 여행에 치통이나 담석을 치료할 수 있는 영험한 힘이 있다는 것을 믿는 사람은 없다. 과거 순례자들을 여행하게 했던 대부분의 문제는 이제 병원에서 해결할 수 있지만, 특정한 장소가 우리의 병을 치유하는 힘을 지니고 있다는 믿음을 저버릴 필요는 없다. 어떤 장소들은 세상 저 끝에 위치한다는 것만으로, 혹은 광대한 넓이나 독특한 날씨만으로, 혼돈이 넘치는 에너지 혹은 우울한 감성만으로, 우리가 떠나온 곳과 너무나도 다르다는 그 사실만으로 우리의 다친 부분을 어루만져 줄 수 있는 능력을 지닌다. 이 장소들은 성스럽지는 않아도 소중한 가치가 있다. 우리의 균형감을 되찾아 주고 포부를 일깨우며, 불안을 달래 준다. 삶의 불확실함을 받아들일 줄 아는 호기심을 되찾아 준다.

직감으로는 어느 정도 알고 있지만, 우리는 여전히 치료법으로서 여행을 받아들이는 전통에 대해 모르는 게 많다. 우리의 영혼을 돌보기 위한 풍경을 찾아내려면 어찌해야 하는지도 모른다. 우리의 걱정과 슬픔을 달래기 위해 어디로 가야 하는지 알려 줄 지도가 없는 것이다.

기독교는 순례자들이 어디를 가야 하는지, 가는 동안 매일매일 무엇을 해야 할지에 대해 철저하게 준비해 두었다. 스쳐 지나가는 경험으로 끝나지 않도록 그들에게 기도를 가르치고 또 노래를 부르게 했다. 여행하는 이유를 끊임없이 공개적으로 이야기하게 했으며, 순례자를 위한 옷을 따로 준비함으로써 그들이 정신적으로도 일반인들과 분리되도록 도와주었다.

중세 시대의 여행은 이미 충분히 느렸는데도 열정적인 순례자들은 더 느리게 여행하려고 최선을 다했다. 바지선이나 말의 도움을 거부하고 자신의 두 발로만 걸었다. 북부 유럽에서 산티아고에 위치한 사도 성 야고보의 유적지까지는 8개월이 걸릴 수도 있었다. 봄에 떠난 순례자들은 겨울이 시작되기 전에는 집에 돌아오지 못했다.

순례자들이 일부러 느리고 어렵게 여행하고자 했던 것

은 그들이 괴짜라서가 아니다. 그들은 여행의 가장 중요한 목적 중 한 가지는 후회스러운 과거를 잊기 위해서란 사실을 잘 알고 있었다. 기독교는 성지 순례의 중요한 요소가 바로 속죄임을 분명히 했다. 더하여 그들은 자신의 어리석음과 허영심 그리고 죄악으로부터 거리를 두기 위해서는 그 사이에 거대한 도전을 두는 것이 효과적이라는 걸 알았다. 한 달 동안 사막을 가로지르거나 산맥을 넘는 행위로 우리의 과거를 떠나 희망하는 미래로 가닿는 것이다. 우리가 꿈꾸는 내면의 변화는 길고 위험한 외면의 여정을 통해 완성될 수 있다. 내면이 변하기 어려울수록 여행의 난이도 또한 높임으로써 우리에게 자극을 준다는 것이다.

흔하고 신속하며 편리하기까지 한 비행기 여행의 장점은 한두 가지가 아니지만, 도리어 충분히 고통스럽지도 느리지도 않다는 사실에 우리는 화를 내야 할지도 모른다. 잊고 싶은 과거로부터 분명하게 선을 긋기 어렵게 만들었으니까.

여행업계는 여행의 전문가라고 자칭하면서도 여행의

가장 중요한 부분을 우리에게서 앗아 가 버렸다. 그들이 책임을 회피하게 놔둬서는 안 된다. 우리는 여행이 단지 엔터테인먼트로 끝나선 안 된다는 사실을 상기할 필요가 있다.

25

파리에서
며칠이
주어진다면

파리는 세계에서 가장 유명하고 인기 있는 도시 중 하나다. 그곳에서 며칠의 시간이 주어진다면 무엇을 하는 게 좋을까? 이 질문에 대한 대답과 동시에 여행이 우리에게 안겨 주는 중요한 질문들에도 답해 보고자 한다.

많은 경우 파리를 여행한다는 것은 그들의 문화에 존경을 표하는 일이다. 시대를 아울렀던 인물들의 작품을 보고 그들이 살았던 장소를 방문해 본다. 그들을 조금 더 가까이서 느끼고 싶다. 하지만 아이러니하게도 위대한 인물들이 하지 않았을 한 가지를 꼽는다면 바로 미술관에 가는 것이다. 그들이 만든 것을 보거나 즐겨 찾던 장소에 가는 것보다는 그들이 진정 사랑했던 것들을 사랑해 본다면 어떨까?

예를 들어 18세기 화가인 샤르댕을 떠올려 보자. 우리는 루브르 박물관에 가서 그의 작품을 감상할 수 있을 것이다.

샤르댕, 〈은잔〉, 1768

파리에서 며칠이 주어진다면

하지만 그건 샤르댕이 즐겨 한 행동이 아니다. 그는 전시에는 관심이 없었다. 그가 좋아한 건 마켓에 들러서 사과를 사고 그것을 세심하게 들여다보는 일이었다.

우리는 생제르맹 거리와 생브누아 길 사이에 있
는 카페 드 플로흐에 가서 장폴 사르트르가 수
없이 철학에 관한 글을 썼던 자리에 앉아 볼 수
있다.

파리의 한 카페에서 점심을 먹고 있는
장폴 사르트르와 시몬 드 보부아르, 1964

한편으로는 그곳을 방문하여 영감을 얻고 창작의 욕구가 솟아나기를 바라는 마음도 있을 것이다. 조금 더 나은 자신을 꿈꾸는 건 무척 중요한 일이다. 하지만 안타깝게도 이런 방식으로는 우리가 원하는 것을 얻기 어렵다. 사르트르가 그 카페에 간 이유는 그의 집에서 카페까지 걷는 산책이 즐거웠기 때문이다. 음식도 싸고 방문하기도 편했던 것이 이유였다. 다른 작가들은 어디서 점심을 먹나 찾다가 들른 게 아니라는 말이다. 정신적으로 그와 더 가까워지고 싶다면 우리도 그가 했던 대로 해 보는 게 어떨까. 숙소에서 가깝고 저렴한 카페를 찾아서 영감을 얻어 보도록 하자.

카르나발레 박물관에서 마르셀 프루스트의 침실을 재현해 놓은 전시를 관람하는 것이 흥미롭다고 생각할지도 모른다. 그가 명작 소설 『잃어버린 시간을 찾아서』의 대부분을 쓴 것으로 알려진 코르크 벽으로 된 방 말이다.

**마르셀 프루스트의 침실,
카르나발레 박물관 재현, 파리**

하지만 프루스트는 이런 일에 흥미를 느끼지 않았을 것이다. 그가 좋아한 것은 자신의 침실에 머무르며 지난 어린 시절을 빠짐없이 돌아보는 일이었다. 그는 우리에게도 똑같이 해 보라고 권할 것이다. 진짜 프루스트를 만날 수 있는 곳은 바로 우리 숙소의 침대다.

파리에 가는 사람치고 노트르담에 가지 않는 사람은 없다.

성당을 지은 사람들이야 당연히 당신이 와 주기를 바랄 것이다. 하지만 그들이 선구적으로 부벽을 이용한 건축 양식이나 지붕 꼭대기에 있는 가고일이 물을 내뿜는 모습에 감탄하라고 당신을 기다린 것은 아니다. 당신이 이곳에 와서 내면을 들여다보고 죄를 반성하기를, 어려운 이들에게 베풀고 인간의 존재 이유에 대해 고민하기를 바랐을 것이다.

노트르담 대성당, 파리

그리고 그런 마음가짐을 갖는 것은 굳이 노트르담이 아니어도 괜찮다. 파시 공동묘지처럼 조금 덜 유명한 장소는 어떨까. 인생의 덧없음을 암울하리만치 분명하게 보여 줌과 동시에 집착과 상처로 가득 찬 우리의 인생에 새로운 관점을 부여할 것이다.

파리 16구의 파시 공동묘지

어쩌면 오르세 박물관에서 생라자르 역의 그림이 보고 싶어질지도 모른다. 클로드 모네가 1877년에 그린 작품으로 많이들 알고 있을 것이다.

클로드 모네, 〈생라자르 역〉, 1877

아이러니하게도 모네는 이 작품을 오르세 박물관에서 그리지 않았다. 대신 그는 교통 밀집지를 찾아다니며 현대의 기술적 진보가 완성한 정교함을 관찰하고는 했다. 우리가 진정 모네가 사랑한 것을 사랑하고 싶다면 다른 어디를 가는 것보다 샤를 드골 공항에서 더 오랜 시간을 보내는 것이 아마 현명할 것이다.

샤를 드골 공항

우리가 파리를 방문할 때 떠올리기 바쁜 위대한 인물 중 그 누구도 휴가를 즐기기 위해 파리에 가지 않았다. 그들은 단지 어쩌다 살게 된 장소에서 글을 쓰고 생각하고 또 그렸을 뿐이다. 그들이 관심을 가진 것은 사물이었다. 일상의 물건이 지닌 아름다움, 인생의 의미 그리고 추억들. 모두 장소 그 자체와는 별 관련이 없는 것이었다. 우리가 파리에서 이틀을 보내며 얻을 수 있는 이상적인 깨달음이 하나 있다면, 그것은 굳이 파리를 여행하지 않아도 괜찮다는 자각일지도 모른다.

파리에서 며칠이 주어진다면

여행이 끝나고 집으로 돌아갈 때가 되면 살짝 슬퍼지기도 한다.
하지만 꼭 그래야만 할까?

26
집으로 돌아오는 법

여행이 끝나고 집으로 돌아갈 때가 되면 살짝 슬퍼지기도 한다. 하지만 꼭 그래야만 할까?

같은 비행기를 타고 있어도 사람들은 전혀 다른 두 부류로 나뉜다. 첫 번째 부류는 이제 막 여행을 시작하려는 사람들이다. 그들의 표정은 상기되어 있으며, 여행 가이드와 카메라가 활약할 목적지에 대한 기대로 가득 차 있다. 두 번째 부류는 앞자리의 트레이를 펼칠 힘도 없을 만큼 슬픈 상태다. 비행기가 이륙하는 순간 그들은 창문 밖 풍경을 응시하며 우울한 표정을 짓는다. 이제 그들에게 남은 건 돌아갈 집, 그리고 그곳에서 펼쳐질 평범한 일상뿐이다. 아이러니한 사실은 둘 다 목적지는 같다는 것이다. 입국 심사를 마치면 그들 모두에게 똑같은 건물과 미술관, 풍경 그리고 음식이 펼쳐질 것이다.

왜 우리는 외국이라면 사족을 못 쓰면서 우리 주변의 환경에는 무관심한 것일까? 여행을 오는 사람들만큼 우리가 사는 이 땅에 대해 흥분할 이유를 찾을 수만 있다면, 그보다 더 뛰어난 능력이나 유용한 지혜가 또 있을까?

열린 마음이야말로 여행자가 가질 수 있는 가장 중요한 특성일 것이다. 여행자일 때의 우리는 새로운 장소를 호기심으로 대한다. 모든 것을 알고 있다고 장담하지 않는다. 교통량이 많은 교차로 신호등을 건너며 우리는 현지인들은 신경 쓰지 않을 작은 것에 큰 관심을 보인다. 정부 기관 건물의 묘한 지붕이나 벽에 새겨진 글씨 같은 것에 눈길을 주다가 차에 치일 뻔할 정도다. 일반적인 슈퍼나 미용실마저도 우리에겐 매혹적이기만 하다. 식당 메뉴의 디자인을 살피거나 저녁 뉴스의 앵커가 입은 옷을 관찰하는 데만도 제법 시간을 쓴다. 우리는 한 나라의 현재뿐 아니라 과거를 포함한 다양한 모습을 모두 본다.

집에 오면 다르다. 단지 그곳에 오래 살았다는 이유로 우리는 주변에 있는 흥미로운 것들을 이미 다 보고 느꼈다고 확신한다. 우리가 이미 수십 년 이상 살았던 곳에 숨겨져 있는 놀라운 경험을 발견할 수 있다는 생각이 잘 들지 않는 것이다.

하지만 상상해 보라. 현관을 열고 나가면 눈앞에 보이는 것들이 평생 처음 보는 풍경이고, 지금 이곳에 환승을 거친 긴 비행의 끝에 도착한 외국인으로서 서 있는 거라면 얼마나 많은 것을 발견할 수 있을까.

우리는 여행을 그렇게 자주 할 수 없다. 돈도 많이 들고 어려운 점이 많다. 그렇다면 늘 우리가 가까이서 보아 왔지만 익숙하다는 이유로 외면했던 주변 풍경들에 관심을 갖도록 노력해 보면 어떨까. 다시 지구 반대편으로 떠나기 전에 말이다. 그리고 여행의 끝에 집에 가기 싫은 마음이 들 때면 한 가지만 기억하길 바란다. 우리

에게 지루한 고향이 누군가에겐 아주 멋진 외국이라는
사실을.

27
집에 머무르면 좋은 점

늦은 밤 침대 속에서 뒤척이거나 집으로 돌아가는 기차를 기다리는 플랫폼 위에서 우리는 몽상에 빠지곤 한다. 지금 이 순간, 지구 반대편 어딘가에 있다면 얼마나 좋을까. 인도의 고아 해변이나 베니스의 운하 옆 조용한 거리에 위치한 작은 레스토랑이라든지, 아니면 캘리포니아의 빅서 해안 도로를 달리거나 스코틀랜드 북쪽의 페로 제도를 방문한다면 어떨까.

여행을 하고 싶다는 욕망은 주로 상상으로부터 나온다. 그 장소를 완벽하게 그려 낸 상상 속 이미지에서 말이다. 가는 데만도 오랜 시간이 걸리고 돈까지 많이 드는 여행 대부분이 이런 상상 속에서 그려진 엽서를 통해 시작된다.

상상으로 그려 본 풍경보다 더 멋질 거라는 기대를 하며 우리는 여행을 가지만, 짐부터 싸기 전에 생각을 해보자. 상상은 잘해야 3초면 끝이다. 우리가 어떤 장면을 떠올릴 때 그것은 영화가 아니다. 한 장의 사진처럼 짧고 단순할 뿐이다.

집을 떠나 먼 길을 떠난 우리가 목적지에 도착했을 때 괴리감을 느끼는 이유도 바로 거기에 있다. 우리의 여행은 단지 짧은 순간이 아니기 때문이다. 영화 감상의 경험으로 치환한다면 조금 더 이해하기 쉬울 것 같다. 만약 영화 속에서 거친 절벽 앞으로 파도치는 아름다운 해변가 풍경이 펼쳐진다면 처음에는 감탄사가 나올 것이다. 하지만 그 장면이 조금만 길게 늘어져도 금세 불안해지는 게 또 우리다. 몇 초일 때는 아름다운 풍경이 일 분만 되어도 우리를 미치게 한다. 이 분 동안 계속된다면 아마 자리를 박차고 일어날지도 모른다.

그건 우리가 얄팍해서가 아니다. 아름다운 풍경을 순식

간에 흡수하고 새로운 곳으로 떠나고 싶은 것이 인간의
본능이다. 아름다움이란 재미난 농담과 같다. 처음에는
웃지만 그 농담이 반복되는 것은 아무도 원하지 않는다.

우리를 여행지로 이끄는 사랑스러운 상상 속 풍경은 아
주 잘 편집된 이미지일 뿐이다. 꿈꾸었던 그런 풍경도
물론 만나긴 하겠지만, 그 사이에 훨씬 더 많은 고통과
지루함과 평범함도 만난다. 얼룩투성이 비행기 좌석,
택시 기사의 뒤통수, 싸구려 호텔의 천장, 싸구려 레스
토랑 벽에 붙은 매릴린 먼로의 사진. 우리의 여행이 영
화였다면 이런 장면만 몇 시간을 족히 넘길 거라는 얘
기다.

그뿐인가. 떠날 목적지와 우리 사이에는 괜히 여행을
왔나 싶을 만큼 후회하게 만드는 존재 하나가 항상 끼
어 있다. 바로 자기 자신이다.

피할 수 없는 오류라고나 할까. 어느 즐거운 목적지로
여행을 하든지 우리는 자신과 동행해야만 한다.

그 말인즉슨 내가 나로 사는 것을 힘들게 만드는 모든 정신적 단점들이 같이 따라온다는 얘기다. 그 모든 불안, 후회, 혼란, 죄책감, 짜증 그리고 절망까지도. 여행을 꿈꿀 때는 스스로의 이런 면모를 고려하지 않는다. 상상 속에서 우리는 순수한 즐거움만을 본다. 하지만 정작 여행을 시작하면 얘기가 다르다. 황금 사원이나 소나무로 우거진 산을 앞에 둔 순간, 이 완벽한 풍경을 방해하는 '나'의 존재가 너무 크게 다가오는 것이다.

우리가 여행을 망치는 이유는 자기 자신을 데려오는 버릇을 고치지 못했기 때문이다.

슬프고도 웃긴 사실은 우리가 실제 그 장소에 가기 위해 쏟아부어야 했던 노력과 그곳에서 우리가 얻고자 했던 경험의 본질은 별 상관이 없다는 것이다. 항공사는 물론 호텔 체인과 여행 잡지들이 모두 숨기고 있는 비밀 한 가지는, 가고 싶은 여행지를 상상하는 것만으로 여행의 가장 즐겁고 행복한 순간은 이미 끝났는지도 모른다는 점이다.

28
추억을 간직하는 일

우리는 인생을 살면서 즐거운 경험을 쌓기 위해 많은 시간을 쓰고 돈은 그보다 더 쓴다. 비행기표를 사고, 해변에 가고, 빙하의 경이를 느끼고 또 코끼리가 물을 먹는 모습을 본다.

그러니까 이 모든 것의 핵심은 바로 경험 그 자체다. 비록 일정 시간이 지나면 끝나 버리지만 말이다. 지나간 경험을 다시 되짚어 생각하는 것만으로 흥분하기란 쉬운 일이 아니다. 되돌아보면 왠지 슬프기까지 하다.

우리는 지난 경험을 추억하는 걸 중요하게 여기지 않는다. 경험한 것을 마음의 찬장 뒤편에 밀어 넣어 버리곤

딱히 다시 사용할 것이라 생각하지 않는다. 한번 경험하고 나면 그것으로 끝이다.

하지만 갑작스레 추억이 돌아올 때가 있다. 전철을 타고 가는 지루한 출근길, 갑자기 해변에서의 이른 아침이 되살아난다. 혹은 샤워를 하다가 십 년 전 한 친구와 꽃으로 가득한 산을 올랐던 추억이 떠오른다. 하지만 그게 전부다. 추억을 떠올리려고 일부러 노력하지 않는다는 말이다. 때로는 그렇게 떠오른 추억을 몽상이나 쓸데없는 생각이라며 서둘러 지워 버리기까지 한다.

하지만 삶에서 무엇이 제일 중요한 것인지, 그 순서를 조금만 바꾸고 정기적으로 과거를 추억해 보면 어떨까. 추억은 우리가 계속 살아갈 수 있도록 도와줄 뿐 아니라 위로까지 전할 수 있는 힘을 가지고 있다. 아무 때나 즐길 수 있는 가장 값싼 엔터테인먼트인 것은 덤이다. 그러니 틈틈이 우리의 과거로 여행을 떠나자. 무거운 몸을 이끌고 직접 어느 섬을 방문했던 경험만큼, 집에 앉아서 섬에서의 추억을 떠올려 보는 것 또한 충분히 가치 있는 일이다.

추억을 푸대접하는 우리의 모습은 마치 버릇없는 어린 아이와 같다. 과거의 즐거웠던 기억을 일부만 짜내고 나머지는 집어던지니 말이다. 어쩌면 우리는 이미 얻은 추억들을 제대로 다룰 줄 몰라서 끊임없이 새로운 경험에 탐닉하는지도 모른다.

지난 추억을 좀 더 잘 기억해 내기 위해서 어떤 기술이 필요한 것도 아니다. 당연하지만 카메라도 없어도 된다. 우리 마음속에 이미 카메라가 있다. 언제나 켜져 있고 우리가 본 모든 것을 기록해 둔 카메라. 그 많은 기억이 여전히 우리의 머릿속에 선명히 자리하고 있다. 그들을 불러내는 데 필요한 것은 단초가 될 질문뿐이다. '착륙하고 나서 어디부터 갔더라?' '처음 먹은 아침 식사가 어땠더라?' 바로 거기가 이야기의 시작이다.

잠도 안 오고 와이파이도 터지지 않는 밤이면 추억 여행을 떠나 보자. 우리 눈앞에 펼쳐지지 않는다고 그 추억이 사라졌다는 뜻은 아니다. 소환의 마법을 통해 우리는 그 경험이 주었던 즐거움을 여전히 기억해 낼 수 있다.

가상 현실에 대한 논의가 끊이지 않는다. 하지만 우리에게 필요한 건 전자 제품이 아니다. 가장 뛰어난 가상 현실 기기는 이미 우리 머릿속에 들어 있다. 눈만 감으면 지금이라도 당장 우리 인생을 바꿔 놓은 놀라운 경험에 대해 떠올릴 수 있다. 가끔은 그곳에서 오래 머물러도 괜찮다.

29

가장 짧은 여행,
산책

산책이란, 단순하게 말해서
우리가 해 볼 수 있는
가장 작은 형태의 여행이다.
산책과 일반적인 휴가의 관계란
마치 분재와 숲의 관계와 같다.

고작 집 앞으로
나가는 것뿐이라고 해도,
공원에서 잠시 보내는 시간
시내 중심가
세 그루의 오크 나무
두 마리의 개똥지빠귀
강가
채소 가게
산책만으로도 이미
여행이다.

산책을 나서고 싶은 이유는 외국으로 떠나고 싶은 이유와 비슷하다. 우리의 정신을 재정비하고 싶은 것이다. 어떤 문제는 같은 자리에 계속 머무르고 있으면 해결되지 않는다. 컴퓨터 스크린을 너무 오래 노려보고 있었다. 끊임없이 부딪치는 내면의 문제들은 해결될 기미가 보이질 않고, 스스로의 그림자가 이 좁은 방을 가득 채우고 있다.

그렇기 때문에 우리는 강가에서 개똥지빠귀와 오크 나무를 바라볼 필요가 있다. 시내 중심가의 혼돈 속에서 채소 가게를 찾아 용과는 무슨 맛일지 궁금해할 이유가 있다. 매번 그렇듯 비록 답을 얻을 수는 없다고 해도. 우리의 정신은 쉽게 지치고 황폐해진다. 금방 겁에 질리기도 한다. 한참 붙들고 있어야 할 깊은 고민들은 때때로 우리를 불안하게 만든다. 우리 내면의 센서는 아무리 중요하고 흥미로운 생각이라도 그것이 위협적이라고 느끼면 마음의 평화를 위해 그 흐름을 차단하는 성질이 있다.

걷기 시작하면 우리의 정신은 그만큼 방어적이지 않다. 머릿속은 단지 호수 근처에 난 길을 찾거나 늘어선 가게들을 둘러보는 데 정신이 팔린다. 생각의 가장 깊은 곳에서 생성되다 만 인생의 목표나 앞으로의 꿈 같은 주제는 여전히 마음을 무겁게 하지만, 적어도 걷고 있을 때는 그 생각을 멈출 난관이 없다. 생각하지 않아도 되는 상태가 됨으로써 역설적으로 자유롭고 용기 있는 생각을 할 수 있게 되는 것이다.

리듬을 타는 듯한 발걸음은 일상의 틀을 벗어나 자유롭게 방랑하게 해 준다. 내면이 소홀히 했던 생각 속으로 떠나 볼 기회다. 어린 시절이나 최근에 꾼 이상한 꿈. 몇 년간 만나지 못한 친구나 언젠가는 꼭 시작할 거라고 떠들고 다녔던 목표가 수면 위로 솟아오른다. 육체적으로는 얼마 걷지 않았어도 정신적으로는 이미 먼 여행을 한 것이다.

얼마 후 우리는 사무실이나 집으로 돌아와 있을 것이다. 그동안 아무도 우리를 찾지 않았다. 나갔다 왔다는 사실조차 모를 수도 있을 것이다. 그럼에도 우리는 이미 조금 달라진 것을 느낀다. 여행을 통해 되고 싶었던 더 완전하고 예리하며 용감하고 창의적인 사람, 그런 사람에 조금 더 가까워졌음을 말이다.

길을 따라라.
내면이
소홀히 했던
생각 속으로
더 자유롭게
방랑하라.
집

모든 인간의
불행은
자신의 방에
혼자 앉아 있지
못할 때 생긴다.

— 블레즈 파스칼

30
가장 짧은 여행 퀴즈

1. 파스칼의 말이 왜 옳은가?

....

....

....

....

....

....

....

2. 파스칼의 말에서 틀렸거나 부당한 부분은 무엇인가?

....

....

....

....

....

....

....

노트

사진 출처

15쪽 Factories © foundin_a_attic, www.flickr.com/photos/foundin_a_attic/38807913841, CC BY 2.0, 테두리 추가

29쪽 Yellow petaled flower lot during daytime © Niklas Hamann, Unsplash

30쪽 Paris is… © Vassil Tzvetanov, www.flickr.com/photos/vassil_tzvetanov/3434634339, CC BY 2.0, 부분 및 테두리 추가

33쪽 Water Towers 1972-2009, Estate Bernd & Hilla Becher, represented by Max Becher © Bernd & Hilla Becher. Photo: Tate

38쪽 © Arın Turkay, Pexels

43쪽 © K.CHAE

48쪽 상단 Onigiri Shop © WordRidden, www.flickr.com/photos/wordridden/3009448094, CC BY 2.0, 부분
하단 Four white, red, and blue vending machines © Ji Seongkwang, Unsplash

56쪽 © K.CHAE

61쪽 © Miguel Bernardo, Unsplash

85쪽 Brown wooden chairs in front brown wooden table © Mehrpouya H, Unsplash

90쪽 iPhone Upload © Josiah Mackenzie, www.flickr.com/photos/josiahmackenzie/3426130562, CC BY 2.0, 부분

100쪽 Set of wild dry pressed flowers and leaves © Coffeechocolates, Dreamstime

106쪽 Study of a Peacock's Breast Feather, John Ruskin, 1875

115쪽 crete / beach © Marina, www.flickr.com/photos/bazilick/5479996124, CC BY 2.0, 부분

122~123쪽 Prayer flags in Kathmandu, Nepal © Jasmine Halki, www.flickr.com/photos/120420083@N05/14474889262, CC BY 2.0, 부분

124쪽 Andenken an Birkenstein postcard. University of Dayton Libraries. © Matteo Omied / Alamy Stock Photo

132쪽 The Silver Cup, Jean Siméon Chardin, 1768

나를 채우는
여행의 기술

초판 1쇄 인쇄 2023년 2월 27일
초판 4쇄 발행 2024년 10월 28일

지은이 인생학교
옮긴이 케이채
펴낸이 정은선

펴낸곳 ㈜오렌지디
출판등록 제2020-000013호
주소 서울특별시 서초구 서초중앙로 2길 35 돈일빌딩 401호
전화 02-6196-0380
팩스 02-6499-0323

ISBN 979-11-92674-41-4 (03840)

www.oranged.co.kr